僕の世界は、ずっと君だった

騎月孝弘

ポプラ文庫ピュアフル

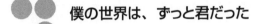

これは、命と向き合う君の記録だ。
僕にとってかけがえのない君の、
すべてを記した物語。
そして——　これは同時に、
命と向き合う僕の記憶でもある。
最愛の君に捧げる、僕の最後の物語。

Contents

プロローグ

わたしの高校生活最後の夏休みは、海や山とは無縁だった。

毎日朝から高校の夏補習があり、夕暮れ時まで生徒会活動に明け暮れた。

秋は、一足早く入試本番に向けた追い込みをしながら、文化祭の準備にも奔走して。

そのうち樹々から色づいた葉が落ち始めたかと思えば、いつの間にか、ひんやりとした空気にからだを震わす冬がやってきた。

街にはイルミネーションが輝き、行き交うひとたちの心を躍らせる音楽が流れている。

彼――リクちゃんが入院してから、もう五か月が経つ。

これまでの時間があっという間だったと思えることが、せめてもの救いだ。

毎日、たくさんの日課を作って忙《せわ》しなくしてきた。周りからもいろんな仕事を任されて。

わたしはもともと、そういうことが嫌いじゃない。リクちゃんはよく、わたしのことを〝最強の幼なじみ〟なんて呼んでくれた。

でも、わたしはそんなに強くない。もしも彼のことを考える時間ばかりが与えられていたとしたら、きっといままでずっと悲しみに暮れていたと思う。

ただ、それを避けるようにして過ごしてきたのは、ひょっとして薄情なことなのかな。

わたしには短く感じられたこれまでの日々も、彼にとっては不安の尽きない時間だったかもしれないんだから。

そんなとき、リクちゃんのお父さん――カイトさんから連絡があった。

【いずちゃんへ　リクの退院が決まりました】

長らく病に臥《ふ》してきたリクちゃんが、ようやく戻ってくる。

また、これまでのように笑い合える日々が戻るのかと、淡い期待で胸が膨らみかけたとき、続けてメッセージが届いた。

【どうか残された時間を、一緒に過ごしてあげてください】

リクちゃんの退院許可は、日常生活を取り戻すためのものじゃなかった。

命の期限が迫る中、最期は穏やかに自宅で過ごしたいという彼の願いからだった。

そんな日が来るかもしれないってことは、心の奥底に閉じ込めて、これまでずっと考えないようにしていた。忙しない日々に身を置いて、ただ全力で過ごしてきた。

でも、覚悟はしてたんだ。最初から。

リクちゃんのことは、幼なじみのわたしが一番わかってる。

だからせめて、最後は笑顔で彼に会いに行こう。

第1章

僕の最強の幼なじみ

1

あ、桜の花びら。

開け放たれた二階席の窓から入ってきたのだろうか。

ゆったりとした風に乗って、一枚の花弁が生徒たちの頭上をひらひらと舞い踊る。

僕はそれをぼんやりと目で追った。まるで淡いピンク色の羽をもつ蝶が、甘い蜜を探しているようだった。それはゆっくりと上昇と下降を繰り返しながら、徐々に前方へと向かい、居並ぶ生徒の狭間に消えていった。

うららかな昼下がり、天井の高い大講堂に八百人近い全校生徒が一堂に会している。この建物は、東欧の教会のような荘厳な佇まいをしていた。高校創立当時にはたくさんのマスコミ取材でごった返したと聞く。

そこでいま、今年度最初の生徒総会が行われていた。

座席の並びは、前方に入学式を終えたばかりの初々しい新入生たち。その背中は緊張からか、みんなピンと伸びていた。後方右側に新二年生、そして左側には三年生だ。六人掛けの長椅子の艶やかな木肌から高貴な雰囲気が漂う。

それなのに、僕たち三年生にはわずかな緊張感さえ持ち合わせている様子がない。

壇上の演台では、生徒会長の伊勢《いせ》がマイク片手に熱弁をふるっているが、それはほとんど誰も聞いていなかった。足早に行き交う人々に興味を持たれることもなく見向きもされない、政党候補者の街頭演説のようだ。僕の前方の女子たちは先生の目を盗んで手元のスマホをいじっているし、両隣の男子はいずれも腕組みしてうつらうつらと頭を揺らしていた。まあ、周りの様子ばかり観察している僕も、ひとのことは言えないのだけれど。

「以上、伊勢会長のご挨拶でした」

司会のマイクの声にハッとして前を向くと、伊勢が両手を高く振りながら袖へと消えていく。冒頭から校長先生の長話で幾度もため息をつかされ、続く伊勢の挨拶も合わせると、かれこれ三十分以上経っていた。

やっと終わったか、と伸びをする。前方でも同じ動きがちらほらと見えた。しかし、司会は非情な宣告をした。

「続いて、文化委員長からのお知らせです」

前方で伸びかけていた背筋がふっと曲がり、ほうぼうからため息が聞こえてきそうだった。まだ続くのか、という失望の。

前の席の女子たちは仕舞いかけたスマホを開き直しているし、両隣の男子は背もたれに身を預け、大きなあくびをしている。ステージ近くの新入生たちも、隣の生徒とちょっかいを出し合ったり天井を仰いだり。どうやら集中力がそがれたようだ。

いったい、あとどれくらいかかるのだろう。ただでさえ、今日は気が重かった。午前の授業で、先週受けた英語のテストの答案が返ってきたのだ。ちなみに結果は、頭を抱えたくなるくらい悲惨で。

部活動に情熱を燃やしているわけでもないが、こういうときはせめて弓でも引いて気晴らししたい。そもそも日常生活で矢を放つなんて、戦国時代でもなければなかなかできない貴重なことだろう。

そんなことを考えていたとき、ひとりの女子が登壇した。僕はその姿に目を凝らす。ポニーテールを揺らしながら颯爽と現れた彼女は、身構えるでも顔を強張らせるでもなく、ごく自然な身のこなしでマイクの前に立った。

「いいお天気ですねー」

彼女の予期しない第一声に、俯いていた前列の女子たちが思わず顔を上げた。

「ほんと、気持ちいい」

開け放たれた二階席の窓の向こう——広がる空を眺め、彼女が目を細める。

すると、僕の両隣の男子たちが、そろって前のめりになり、食い入るように壇上の彼女を見つめた。まるで、柔らかな笑みをたたえるあの横顔に恋でもしたかのように。

それにしても、まさか彼女が文化委員長まで引き受けていたとは……。

何人もの先生に請われて、昨年の秋から生徒会に入ったのは知っている。でも、最近の彼女は何かと疲れやすい。だからこっちも心配になって、『これ以上大きな仕事を任されそうになったら、さすがにやんわり断りなよ』って助言したのに……。

僕は呆れ交じりのため息をついて、頭を掻いた。

「なんだか眠くなっちゃいますよね。すごくわかります。わたし短く話しますから、ちょっとだけお付き合いください」

彼女が屈託のない笑顔を見せると、講堂中の空気が入れ替わったかのように清涼感に包まれた。自然な表情に、柔らかな声音。甘ったるさであざとく呼びかけるのとは違う。僕たちの心の内に語り掛けて、共感を呼び起こす天性の声だ。自分語りばかりで自己満足していた生徒会長とは対照的に、彼女はわずかな時間で会場全体を味方につけた。

為永《ためなが》いずみ——それが壇上に立つ女の子の名前だ。

僕と同じ、この四月に高校三年生になったばかりの。

ちなみに、いずみとは一、二年時ともクラスは別々だった。

それでも僕は、この会場の誰よりも彼女のことを知っている。文化委員長なんていうたいそうな肩書を持つ彼女も、ときには無防備なあくびをするし、小さなドジをごまかしておどけることだってある。食べ物の好き嫌いもあるし、不条理な状況に置かれれば眉をひそめる。僕にとっていずみは、そんなごく普通の女の子だった。

でも、彼女はときどき、みんなにとっての特別な存在にもなる。

たとえば、いまだ。壇上のいずみはまさに、講堂中の視線を一身に集めていた。

「ちょっと質問いいですか？　皆さんはおうちの方や先生から、『大切な時間を無駄に過ごすな』って注意されたことはありますか？　たとえば、テストが近いのに放課後寄り道しちゃったり、勉強の合間に友達とのおしゃべりに夢中になっちゃったりとか」

八百人近い生徒を前にしても、いずみの語り口はやはり自然で柔らかい。丁寧語ではあるものの、休み時間に数人の友達としゃべっているように親しげだ。

「もちろん、ものには限度があるし、その指摘もそれはそうなんでしょうけど……でもわたし、思うんです。そのとき他人からしたら無駄に感じられる時間でも、あとで振り返ったとき、本人にとってはかけがえのない時間だって思えること、多いんじゃないかなって。ねえ？　校長先生」

いずみは教師席の端に座る校長先生に向き直った。

いきなり問いかけられた校長は、「あ、ああ……」と口ごもりながら、何度か頷いた。

先生へのこういうフリは、ともすると嫌みな印象を与えかねない気もするが、いずみがやると不思議と角が立たない。現に、「校長先生も同意してくださいました」といずみに持ち上げられた校長は、まるで先生に褒められた少年のように無邪気な笑みを浮かべている。

ふと、あの日のピアノを思い出した。

駅の構内の改札近くに設置されたストリートピアノ。普段、それを弾こうという人間はなく、黒い箱は雑踏の片隅でひっそりと息を潜めているが、ある日僕が通りかかったとき、たまたまそのピアノの鍵盤に触れる女性がいた。二十代くらいに見えたそのひとが何者だったのかは、いまもわからない。音大生か、はたまたプロのピアニストだったのか。とにかくその手が奏でるピアノの音色は、場の空気を一瞬で変えた。行き交うひと波の中で、足を止める者がちらほらと現れ、それは瞬く間に人垣となった。うっとりするようなメロディに構内の喧騒は静まり、聴くひとみんなが心を奪われていた。壇上のいずみは、あのとき奏でられたピアノの音色のような存在だった。

文化委員長なんていうポジション、僕だったらどんなに請われたって引き受けたりしないだろう。なにしろ文化委員会というのは、文化祭、体育大会、合唱コンクール、海外にある姉妹校との交流会など、校内で行われるありとあらゆるイベントを仕切る組織だ。その委員長なんて職は、からだがいくつあっても足りない。

それなのに、いずみときたら……。

「社会とか頭の固い誰かからしたら無駄に見えるような時間でも、それはわたしたちにとって何物にも代えがたい瞬間でしょう？　いつかこの時間だけが思い出させてくれるはずです。あれが青春だったって。だから、わたしたちはいつでも胸を張って、堂々としていましょう。可能性を奪おうとする言葉に惑わされずに、ひるまずに、自分らしく。堂々と」

彼女の呼びかけに対する共感だろうか。講堂に盛大な拍手が鳴り響いた。

いずみ……、だからいつも頑張りすぎなんだって。僕は心で毒づきながら、演台の脇で深くお辞儀する彼女を見つめた。

為永いずみは僕にとって、間違いなく最強の幼なじみだ。

生徒総会の雰囲気はいずみのスピーチからがらりと変わり、後半は最後までテンポよく進んだ。

式が終わると、僕は講堂裏の弓道場に向かった。

「お疲れ様です！」

ちょうど後輩たちも同じタイミングで部室にやってきたので、「うっす」と挨拶を返した。

うちの弓道部のメンバーたちはみんな人間的にできている。礼儀正しく、前向きで、練習にも一生懸命取り組むし、協調性もある。試合にも強い。僕とは大違いだ。僕は次の試合で負ければたいした成績も残さずに引退することになるが、何も思い残すことはない。こんな素晴らしい後輩たちがいれば、部の未来は安泰だろう。

彼らからだいぶ遅れて道着に着替えると、一通りの準備運動を行い、自分の弓に弦を張った。

すり足で射場に立つ。

両足でしっかりと床面を捉えた。弓を正面に立て、ゆっくりと矢をつがえる。左手で持った弓を左膝の上に立て、右手は軽く握って腰に当てた。

グラウンドから、金属バットがボールを打つ音が聞こえた。

背筋を伸ばし、ふうーっと深く息を吐く。右手の親指を弦にかけ、人差し指と中指を矢に添える。道場の周りの木々の葉がさわさわと揺れ、心地よい風が吹き込む。

顔を的に向けると、視界の端――道場脇の矢取道《やとりみち》に、制服姿のいずみが見えた。ポニーテールが揺れている。

生徒総会のあと、この時間まで反省会やら打合せでもしていたのだろうか。

意識を的へと戻すと、両拳を静かに、額の上まで上げた。

空は雲ひとつなく真っ青に澄み渡っていたが、対照的に安土《あづち》は影になって暗い。そこに掛かる霞的《かすみまと》の、白いふたつの輪と中心の円だけが際立っていた。

弓を引き分けていくと、ジュラルミンの矢のひんやりとした感触が頬に伝わった。左腕はまっすぐに的を向き、右肘はちょうどそれとは同一線上を反対に伸びた。

ここから気持ちを落ち着け、からだ全体を左右へ開く。ぐっと横へと伸びながら、周囲の空気に溶け込んでいく。

競技で頂点を極めたいとか段位を取りたいとか、そういう欲が僕にはなかった。

ただ、いずみに誘われて始めた弓道は、変化の乏しい高校生活の中でちょうどいい息抜きにはなった。何かのためとか誰かのためとかではなく、こうやってただ的に向かうのは嫌いじゃない。

と——右手が弦から離れた。

最も美しい弦音は、「キャン」と聞こえる。いままさにその音がした。溜めてきた力のすべてを込めた矢は、一秒もかからずに的を射貫いた。

矢を取りに玄関で雪駄《せった》をひっかけると、道場の外にいずみが立っていた。

「あれ、まだ着替えてなかったの？」

僕が弓を引いている最中に来るのが見えたので、もう更衣室に入っていたものとばかり思っていた。

「うん。ちょうどリクちゃんが引いてたから、見てたの」

僕はその言葉に慌てて背後を振り返る。

「大丈夫だよ、誰も聞いてないから」

たしかに道場の中の部員たちは、外で僕たちが話していることには気づいていないようだ。

「その呼び方、やめてって言ったじゃん」

僕はいずみに不満を告げた。相変わらず直そうとしないのはなぜだろう。

「えー、リクちゃんはリクちゃんなのに」

「高三にもなって『ちゃん付け』されるのって、なんか、ね……」

「なんか、何？」

「誤解を生むでしょ」

「どんな？」

いずみが小首を傾《かし》げながら僕を見つめた。

「そりゃあ、いずみとの関係性というか、距離感というか」

我ながら奥歯に物が挟まったような言い方だな、と頭を掻く。付き合ってるのかなって誤解されるでしょ、とは言えなかった。

「そんなの考え過ぎだよ」

屈託のない笑みを浮かべるいずみに、僕はそれ以上抗議するのを止めた。

彼女のほうも深追いせずに話題を変える。

「リクちゃん、最近好調だね」

弓のことだろう。

「うん、まあ、なんとなくいい感じ」

別に最後の大会だからって、ものすごく練習しているわけじゃない。誰かに指導を仰いでもいないし、特別な努力もしていない。本当に、ここにきてただなんとなく調子が上がってきたのだ。

「いいなあ」

いずみが羨ましそうな顔をした。彼女は、僕とは対照的に最近ちょっとしたスランプが続いている。いま一度自分の射《しゃ》を見直すため、それまで愛用していた弓力の強い弓から、力のいらない初級者用に替えたところだった。

「いいなあ、ってさ。いずみ、疲れてるんじゃない？　いろんなことを頑張り過ぎだと思うよ」

皮肉ではなく、心配していた。『頑張り屋さん症候群』を。

小さな頃からそうだった。彼女はいつも、何事にもまっすぐで、周囲からの誘いや頼み事にも快く応えようとするのだ。

「生徒会だって……まさか文化委員長まで引き受けてたなんて」

「あれは、わたしからやらせてくださいって頼んだの」

「どうしてそんな」

「高校生活最後の思い出、ちゃんと作っておきたいなーって」

「でも、任期、秋まででしょ。受験勉強とか大変じゃない？」

「あとで大変にならないように、いままで頑張ってきたつもりだよ。リクちゃんと違ってね」

たしかにいずみは勉強もできた。掲示板に張り出される定期考査の上位者表には、いつも彼女の名前が載っている。このぶんなら、おそらく夏には希望の大学の推薦だってもらえるに違いない。

「あ、ごめん」

すると、いずみが肩をすぼめてしゅんとした。

「いま、最後に嫌な言い方しちゃったよね」

黙った僕が傷ついたと思ったのだろう。

「ううん、図星すぎて言葉が出てこなかっただけ。そういえば図星の語源って、弓道だよね。的の中心のことでしょ？　そこにグサッて、さすがいずみさんは弓を持たなくてもしっかり射貫いてくるなあ」

僕はこれ以上彼女を落ち込ませないように、わざとおどけてみせた。

「何、それー」

いずみもプッと噴き出して顔を綻ばせる。

「着替えてきなよ」

「うん」

彼女が道場に顔を見せると、後輩女子部員たちが黄色い声を上げて出迎えた。


いずみとは、かれこれもう十八年来の付き合いだ。

つまりは、生まれたときから見知った間柄なわけで。

僕たちはもともと家が近く、児童公園を挟んでその両側に住んでいる。しかも僕といずみの部屋は、いずれもそれぞれの家の公園寄りにあるので、昔は窓を開けて手を振り合うこともあった。その一帯は区画開発によってできた新興住宅地で、新規の販売があった際に同じタイミングで入居したらしい。

そんな身近なご近所さんであることに加えて、同じ年の子どもを持ったせいか、ふたつの家族はいつも一緒に行動していた。

僕の母はいまでも、事あるごとに『公園デビューもアヤノさんのおかげで本当に助かったわー』と感謝し続けている。アヤノさんとは、いずみのお母さんのことだ。母がそう呼ぶので、僕もアヤノさんのことは、同じように名前で呼んでいた。ちなみにいずみは、僕の母を『モエさん』と呼ぶ。

優柔不断で決断力のない僕は母親似だが、いずみも間違いなくアヤノさん似だ。ふたりそろって、長所だったらいくつでも挙げられる。整った顔立ちや愛嬌のある表情と、しなやかなしぐさとか凜とした立ち姿もそうだし、明るい性格だって。母娘で抜群のコミュニケーション能力を持ち合わせている。

ご近所のママ友たちの輪の中心にはアヤノさんがいて、威張るでもお高くとまるでもなく、みんなの関係の潤滑油となっていた。だから正直、なんで地味を地で行くうちの母とウマが合うのか、いまだに謎だ。

ふたりは親友と呼んでいいくらい、かつてもいまも仲がいい。

だからいずみとは、小さな頃から自然と家族ぐるみでいることが多かったのだ。

いつから、という記憶がないほどに、気づいたら彼女はいつもそばにいた。

そんな長い幼なじみ歴を誇る僕たちの、最初の思い出はなんだったか。

おそらくそれは、泥団子作りだったと思う。

当時、僕たちの通う幼稚園で流行《はや》っていた遊びだ。土を丸めてよくこねて、団子状にする。その表面に粉のように白い砂をかけて、親指でこするように優しく撫でるのだ。これをひたすら繰り返す。

いま振り返るとずいぶん地味な幼稚園児だったと感じるが、先生たちもそれを褒めてくれた。小さなうちから手や指を動かすことが、脳の発育にいい影響を与えると言って。

僕は毎日のように泥団子を磨き続けた。

『わあ、リクちゃんの、きれいー！』

いずみが僕の手元を覗きこみながら、感嘆の声を上げた。

僕は返事こそしなかったが、得意げに鼻を膨らませ、黙々と泥団子を磨いた。彼女のほうも同じように泥団子作りに勤《いそ》しんでいたが、こする指に力を入れ過ぎてしまったのか、途中でヒビが入ったために作り直していた。他の園児たちも同じような失敗をしていたので、自分で振り返っておいてなんだけど、園内では僕の泥団子が一番きれいだった。きっと、地味な作業が僕の性分に合っていたのだと思う。ただの土の塊が、日に日に水晶のような輝きを放つのに喜びを感じていた。完成したら、お母さんにあげるんだ。僕はいずみにそう意気込んで言ってもいた。

でも、そんなある日、小さな事件が起きた。

僕の泥団子が、無残にもふたつに割れていたのだ。いつもは水飲み場の近くの、教室の外の窓辺に置いてあった。他の子たちのものと同様に、下にはふかふかのタオルを敷いて。

それがなぜか、その朝、僕のだけ地面に落ちていたのだ。

登園して真っ先に、いずみとともにそれを目にした。

僕は頭が真っ白になって、茫然と立ち尽くしてしまった。

『リクちゃん……』

いずみが消え入るような声で僕の園服の袖をつかんだが、返事はおろか、声を出すこともできなかった。

地面の泥団子と僕たちの様子に気づいた誰かが『わーっ！』と叫ぶ。

教室の中から聞こえていた無邪気な歓声が消え、僕たち花組の担任であるワカナ先生と他の園児たちが、一斉に教室から出てきた。

『えー！』

『どうして!?』

『だいじょうぶ？』

などと、驚きと心配の入り混じった声が僕といずみを取り囲んだ。

そんな園児たちの輪の中で、とある男子三人組だけが、他の子たちとは違う表情を浮かべているのに気づいた。ほくそ笑む、という表現がぴったりの、悪意の感じられる顔だった。彼らは以前から、寡黙な僕に意地悪をしてくることがあった。背後から突いておいて素知らぬふりをしたりとか、僕が何かに失敗すると大げさに笑ったりとか、幼稚園児に掛けるわけではないが、じつに幼稚な嫌がらせだった。

後で知ったことだが、どうやら彼らのリーダー格がいずみを気に入っていたらしく、彼女といつも一緒にいる僕のことを疎ましく思っていたようだ。

地面で壊れた泥団子と、取り囲む園児たちと、うろたえる先生と、嘲笑を浮かべる三人と、いまでもそのときの映像は僕の脳裏から離れない。

そして、それ以上に鮮烈に残っている記憶が、そのあとのいずみの行動だった。

『なんで笑ってるの！』

いずみが三人組の真ん中、リーダー格の男児に詰め寄る。

いつもは明るく穏やかで、誰とでも友好的に接する彼女だったから、その尖った声にはずいぶんと驚いた。

相手の男児は、『はあ？　笑ってねえし』ととぼけたが、いずみは『ひどいよ』と相手の肩を小突いた。僕に背を向けていた彼女の表情は見えなかったものの、強がっていたリーダー格の男児が急に困ったような弱々しい顔をしたのはわかった。

『いずちゃん……』

ゆっくりと振り返った彼女に、僕は息を吞んだ。

いずみは、顔をくしゃくしゃに歪ませて泣いていた。

目元から頰、顎にかけてびっしょりと濡らし、鼻水も混じって、ひどい顔だった。

『う、う、う、ううぇーん』

僕はそんないずみを見て、急に号泣した。

壊れた泥団子を目にしたときには湧き起こらなかった感情が、そのときになって一気に溢れた。それはたぶん、彼女が僕のために泣いてくれたからだ。いや、あるいは……いずみのあんな姿を、見たくなかったからかもしれない。

いつの間にか、周りの園児たちまで泣いていた。リーダー格の男児もその取り巻きも。

夏の田んぼから聞こえる蛙の大合唱のように、僕たちはみんなで声を上げた。

幼少期の、いずみとのエピソードで印象に残っていることが、もうひとつある。

それは〝くぅ〟のことだ。

同じ小学校に入学した一年目の冬。

僕は彼女の誘いで毎日近くの川の土手を走っていた。翌月にある校内マラソン大会のためだった。

いずみはもともと運動神経がよく、学年の中でもかけっこが速かった。

かねてより彼女のお父さんがいずみの一等賞を期待していたから、

『パパのために一番になるの！』

と、いずみも張り切っていたのだと思う。

一方の僕はというと、けっしてマラソンが苦手なわけでも遅いわけでもないけれど、昔もいまも競争心に乏しく、一等を狙いたいとか何番以内に入りたいとか、そういう気持ちが微塵も湧いてこなかった。それでも毎日いずみと土手に向かったのは、たぶん、彼女と走るその時間が楽しかったからだろう。

西日に照らされた山々と、キラキラと光を乱反射させて流れる川のせせらぎと、ひんやりと澄んだ空気の心地よさと。

いずみはたいてい僕の前を走った。ポニーテールを揺らしながら軽快なフットワークで。

『リクちゃん、もっと腕振ったら』

と、振り向いて助言までしてくる。まるで先輩かコーチのようだった。

『先に行ってていいよ』と答えると、『駄目っ』と口を尖らせる。

『僕に合わせてたら、いずちゃん、一番取れないよ』

幼心に、なんだか彼女に申し訳ないと感じていた。

それなのにいずみは、

『リクちゃんも、一番になるの』と笑った。

『無理だよ、僕には』

そんな弱気な僕の発言に、前を走っていた彼女はUターンして戻ってくると、僕と並走するように歩を合わせ、あっけらかんと答える。

『ふたりがいいの』

隣のいずみを振り向くと、彼女のほうは僕に顔を向けず、まっすぐに土手の先を見つめていた。その横顔がほんのり赤くなっていたのは、はたして西日のせいか、そうでないのか、当時の僕にはわからなかった。

そんなときだった。鳴き声を耳にしたのは。

『くうぅ～』

僕といずみは同時に立ち止まった。

『なんか、聞こえたよね』

『うん』

周囲を見渡しても、鳴き声の主は見当たらない。僕たちはそろって耳をそばだてた。すると、土手から川岸に下る傾斜に生えた膝丈ほどの茂みから、ガサガサと何かが動く音がする。

『なんだろう』

得体の知れないものと対峙《たいじ》する恐怖で、思わず足がすくむ。いずみは土手にしゃがんで、音のしたほうをじっと見つめた。

『くぅ～』

すると、また鳴き声がした。今度は先ほどよりも短く、弱々しい。

『ワンちゃんかな？』

見上げた彼女に僕も頷き返す。

『どうしたの？　怖くないよ、出ておいでー』

姿を見せない相手に、いずみが優しく呼び掛ける。その思いが通じたのか、揺れた茂みの中から一匹の子犬が顔を出した。首輪はついていない。ひどく不安げだった。よく見ると、右の前足が赤く染まっていた。

『あっ！』

いずみが小さな叫びとともに、腰を上げて土手を駆け下りる。

『危ないよ！』

彼女が足を滑らせないか心配で、僕も急いであとを追う。

子犬はそんな僕たちに驚いたのか、キャンキャンと吠えたてた。ただ、動けないのか、逃げずにその場で威嚇する。

いずみは子犬から一メートルほど手前でしゃがみこみ、手を差し出した。子犬はそれでも吠え続けていたが、しばらくしておとなしくなった。心配そうに見つめるいずみに心を許したのか、それとも吠え疲れたのか。その場で伏せて、彼女の差し出す手を上目遣いで見た。いずみはゆっくりと子犬に近づき、『大丈夫だから』と言って、優しくその頭を撫でた。僕も彼女の傍らでしゃがむ。右の前足は、やはり血で染まっていた。どうやら怪我をして動けないようだった。

『くうぅ～』

いずみが子犬を抱きかかえた。彼女の腕の中で、子犬はもう抵抗することもせず、おとなしくその目を閉じていた。

『いずちゃん、どうするの？』

そのときの僕は子犬の足の心配以上に、いずみのウェアが血や泥で汚れてしまったことや、連れ帰ったときの大人の反応のほうが気になっていた。いま振り返ると情けない話だ。

おどおどと戸惑う僕に、彼女は迷いのない眼差しを向けた。

『助けなきゃ』

いずみのほうも小学一年生の女の子なわけで、子犬とはいえ、抱えるにはかなりの力が必要だったはずだ。それなのに、胸元の子犬に声を掛け続けながら歩く彼女に、僕は自分の頼りなさを痛感した。前にニャンコを助けたときみたいに、なんでそのとき手を差し伸べなかったんだろう。なんで僕が代わってあげなかったんだろう、と。

　僕もいずみと一緒に彼女の家までついていった。

　いずみの必死の懇願が通じたのか、彼女の両親は突然拾ってきたオスの柴犬のことを無下に扱うことはしなかった。いずみのお父さん――僕はヒロキさんと呼んでいた――が、『まずは動物病院に連れて行こう』と連絡先を調べ始め、その間にアヤノさんが子犬をお風呂場へ運んだ。右足にぬるめのお湯をかけて、染まった血を洗い流すためだ。いずみはアヤノさんの傍らで、『大丈夫だからね』と声を掛けながら、子犬の背をさすっていた。子犬は目を閉じたまま、『くうぅ……くうぅ……』と鳴く。僕はその光景を眺めながら、自分の不甲斐なさで胸が詰まりそうだった。

　それからヒロキさんが子犬の右足を写真に撮り、その画像を動物病院に送った。負傷の詳しい状況を知らせるためだろう。その後電話をかけて通話口であれこれと話していたが、通話を切ったヒロキさんは渋い表情を浮かべていた。

『パパ、早くお医者さんに連れてって』

　ヒロキさんは見上げるいずみの頭に手を置くと、

『予約がいっぱいで、すぐには無理なんだって』

　と答えた。なんと、二週間はかかるという。

　これはあとで知ったことだけれど、命の危険がない場合、あくまで予約者が優先されると告げられたそうだ。いずみのお母さんが他を当たってみたらと提案し、二、三電話をかけてみたようだったが、そちらも駄目だった。

　その日から、いずみは走るのをやめてしまった。

　走る代わりに、動くこともできない伏せたままの子犬に付き添い続けていた。アヤノさんは、『いくらそばにいてもそれで怪我が治るわけじゃないんだから』と説得を試みていたらしい。でも、こういうときのいずみは気が強いというか、とても頑固というか。まったく聞く耳を持たなかった。

　僕も毎日いずみの家に行った。玄関にランドセルを下ろすと、その脇に敷かれたタオルケットの上で伏せている子犬を、彼女とともに見守った。

『〝くぅ〟ちゃん、早く元気になって、一緒にかけっこしようね』

『〝くぅ〟……ちゃん？』

　ある日、いずみが子犬を〝くぅ〟ちゃんと呼び始めた。

　元気になるまで保護はするけど、飼うと決めたわけじゃないから。名前は付けないようにね。それに元の飼い主が見つかるかもしれないし――彼女はヒロキさんからそう忠告されていたはずだ。それなのに。

『だってこの子、出会ったときからいつも〝くぅ～〟って鳴いてるから』

『名前、付けていいの？』

　心配する僕に、いずみは『えへへ、パパには内緒だよ』と無邪気に笑った。

〝くぅ〟は相変わらず弱々しく、目を閉じたまま『くうぅ』と鳴いた。

『いずちゃん、走らないの？』

僕の問いかけに彼女は珍しく口をつぐんだ。

『もうすぐマラソン大会だよ？　一番になるんじゃなかったの？』

僕には珍しく、しつこく質問を浴びせる。

『いいの』

いずみは静かに答えた。

『〝くぅ〟ちゃんが動けないのに、わたしだけ走るなんてできないよ』

これまでずっと閉じ込めていた思いを吐露するように。

僕は、自分の不躾《ぶしつけ》な問いかけを悔やんだ。その場の気まずい空気を察してか、いずみは『ちょっと、ママのお手伝い』と言ってキッチンに向かってしまう。

その間、玄関は僕と〝くぅ〟だけになった。

『〝くぅ〟』

彼は、僕の呼びかけには答えなかった。眠っているわけではないのに、目を閉じたまま動かない。右足の爪が痛々しく割れていた。〝くぅ〟を保護したときは、この割れ目から溢れた血で足先が染まっていたらしい。命の危険がないから順番待ちだなんて……。

〝くぅ〟はまだ子犬なのに。

『やっぱり、痛む？』

〝くぅ〟は黙ったままだ。

もし痛みが引いたら、また元気に駆け回ることができるのだろうか。

そうしたら、いずみはきっと、すごく喜ぶはずだ。彼女は〝くぅ〟と一緒にかけっこをしたがっている。小学校のマラソン大会だって近い。ヒロキさんに、『パパのために一番になる！』って宣言して張り切っていたじゃないか。

『リクちゃんも一番になるの』

それは無茶なオーダーだけど。

そもそも僕は、一番になりたいんじゃない。いずみに笑っていてほしいだけだった。

もちろん、当時は小学一年生だ。そんな冷静に、一つひとつの物事を吟味していたわけじゃない。

でも、たぶん、はっきり残っている記憶のうちでは、そのときが初めてだったと思う。

僕の心に変化が起こったのは。

キッチンからは、包丁がまな板を打つ音と鍋が沸き立つ音がした。それから、おいしそうな香りも漂っている。

僕は〝くぅ〟の右足の下に自分の右手を滑り込ませ、上から左手を添えた。

〝くぅ〟の足は、わずかに震えていた。

神様、どうか〝くぅ〟の痛みを消してください――とは言いません。

せめて……、〝くぅ〟の痛みを僕に引き取らせてくれませんか。

そんなことを願っていた。

2

いずみのすぐ後ろの射位に立ち、弓を構えた。

一旦的を見つめてから、再び顔を戻す。

目の前で、彼女のポニーテールが揺れた。ふたりそろって同じタイミングで矢をつがえる。わざと合わせたわけでなく、自然とからだが反応した。水面や鏡に映った自分の姿を見るように、ぴたりとそろった。

五月の市内大会を勝ち抜いて臨んだ六月の地区大会。

先週行われたが、敗れた三年生はこれで引退し、七月の県大会に進む選手だけが引き続き稽古に参加する。なんともやるせない仕組みにも思えたが、それが進学校としてのスタンスらしい。

今日は、そんな三年生たちの、道場で弓を引く最後の稽古だ。

的を向き、呼吸を整える。肘を上げて、弓をゆったりと打ち起こす。

一つひとつの動作が心地よかった。腕を高く上げたまま、弓と弦を持った両拳を的へと向ける。そして、大きく引き分けていく。弦を引き込み、全身で伸びている状態が『会《かい》』

だ。会は、矢を射る瞬間、『離れ』になる。

会うものは必ず離れる。出会いと別れ、とか。生と死、とか。

矢は、二本そろってそれぞれの的に吸い込まれて……くれたらよかったのに。

スパンッという幸せな音は、ひとつだけ高らかに響き渡った。

いずみの矢は、安土に掛かる的の、少し手前に落ちた。

木々のざわめきが耳に届き、うっすらと漂う草の香りが鼻腔をくすぐる。

そろって弓を下ろし、射位から後方へと退いてから、いずみが振り返った。

「やっぱり、調子いいね」

大きく澄んだ瞳だった。

「まぐれだよ」

照れ隠しに発した言葉が嫌みに聞こえはしなかっただろうかと、口にしてから後悔する。

彼女は今日で引退。それなのに……周囲からほとんど期待されていなかった僕が、実は県大会に進んだのだ。

「ううん、まぐれなんかじゃないよ」

いずみが首を振り、穏やかに目を細めた。


稽古の後。

道場では顧問の柊《ひいらぎ》先生から、引退する三年生にねぎらいの言葉が掛けられた。

「あなたたちの引いてきた弓は、ただの勝ち負けじゃありません。弱い心と向き合って、自分を見つめ直し、そこからどれだけ自分の世界を創り出せるか。そういうことをしてきたのです。今日をもって一旦弓を置いたとしても、そしてひょっとしたら、この先の人生においてもう弓を引くことがないとしても、それでも君たちはきっと思い出すはずです。この三年間で積み重ねてきたことを。向き合ってきたことを。だから恐れず、前を向いて堂々と進んでください。どんな道に進もうと、きっとあなたたちに、豊かな人生をもたらすはずです」

部員たちの中には目尻を拭う姿もあった。

先に着替えを済ませて駐輪場で待っていると、あとからいずみも制服姿で現れた。

「ごめん、お待たせ」

束ねていた髪は解かれていた。彼女がポニーテールにするのは、昔から気合を入れるときだ。高校入試当日もそうだったし、最近なら生徒総会でも。

「じゃ、リクちゃん、行こっか」

「う、うん」

いずみとふたりで帰るのは、いつ以来だろう。小さい頃はいつも一緒に遊んでいたし、互いの家は目と鼻の先で、高校だって同じ部活に入っているのに。

色恋沙汰に発展しない幼なじみの関係性というのはこんな感じなのか、とも思う。

今朝、登校前に、いずみから僕のスマホへメッセージがあった。

【今日、帰りに『とらや』寄ってかない？】

【どうしたの、急に】

ふたりで帰ったりどこかに行ったりする機会は減っても、なにげないスマホでのやり取りはふつうに続いていた。送られてくるのは、いずみが道端で撮った写真とか、愚痴とか、独り言とか、独り言とか、独り言とか（笑）……いや、もう、ほとんどが彼女のプライベートメモだったのだけれど。

【リクちゃんの祝勝会】

朝の登校準備で忙しい時間にもかかわらず、僕はまじまじと、しばらくそのメッセージに見入ってしまった。

【起きてるー？】

返信をせずに固まっていたせいで、いずみから続けてコメントがあった。なんと返すべきか迷った挙句、【起きてるー？】はスルーして核心に迫った。

【何人で？】

いずみは僕たちの高校のマドンナ的存在だ。先生や同級生たちからの信頼は厚く、後輩からも慕われている。さらに生徒会にも入っていて。なんでもできるのに謙虚で物腰が柔らかくて、誰とでも打ち解けられる才能がある。彼女が声を掛ければ、それこそ弓道部員全員を動員する力だってあるはずだ。

でも、返ってきたメッセージは、【ふたりで】という。僕は思わず【よろしくお願いします】と、不自然によそよそしい返答をしてしまった。

新興住宅地に続く舗装された幹線道路に出ると、僕たちはふたりとも乗っていた自転車を降りて、それを押したまま並んで歩いた。いずみが「ちょっと歩きたいな」と望んだからだ。

「きれいだね」

彼女が空を仰いで感嘆のため息をつく。

背中のほうではまだ夕日が残り、朱色と白の混じったような空なのに、向かう先は色が違う。地平線を紺色の幕が覆い始めていた。

「ほんと、幻想的。『いずフォト』撮ったら？」

『いずフォト』というのは例の、彼女が送り付けてくる、道端なんかで気ままに撮ったプライベート写真のことだ。僕が勝手に命名したら、案外いずみも気に入って、メッセージにもちょいちょい、『今日のいずフォト』なんてタイトルを添えてくる。

久々にふたりで歩く緊張を和らげようとしたのに、彼女は小さく首を振った。

「ううん、今日はいい」

「なんで？」

「だって、目の前の景色以上には、きれいに撮れる気がしないもん。それに……」

いずみは言葉を切ってから、視線を足元に落として呟いた。

「リクちゃんと同じ空を見てるんだから、カメラは必要ないよ」

しっとりとした声だった。

「いずみさん、センチメンタル？」

これも幼なじみの性《さが》なのだろうか、僕はいずみとのシリアスな局面にめっぽう弱い。

「だって……わたしは部活、今日が最後でしょ。感傷的にもなるよ」

名前に『さん付け』して、センチメンタルなんて言葉だって冗談めかして使ったつもりなのに、いずみは茶化さなかった。

「あーあ、もうちょっと弓、引きたかったなー」

彼女は再び空を仰いだ。

「道場来ればこれからも引けるよ」

「そうだけどぉ、でも、そうじゃないんだよねー」

「そういう言い方、久しぶりに聞いたかも」

「ん？」

「素《す》のいずみ」

「えー？　リクちゃんにはいつも、包み隠さず見せてるつもりだよ？　わたしの素顔」

このセリフだけ切り取って聞く人が聞いたら、ドキッとするに違いない。

「メッセージだとそうだけど、直接聞いたのは、ね」

い。

昼間は日差しの照り返しに目を細めるほどだったが、いまは肌に当たるそよ風が心地いい。

「うーん、たしかに」

「いずみも惜しかったね、地区予選」

弓の話題に戻すと、彼女は「ねー」と悔しがった。

春から続いていたいずみのスランプは、結局、大会近くになっても解消されなかった。それでも彼女は諦めず、新入生が練習用に引くような弓力の弱い弓で、矢の描く放物線を計算しながら射型の改善に取り組んでいた。

弓だけではなく、勉強も生徒会も先生からの頼まれごとも、なんでもこなす子だったから、きっと見えない疲れが溜まっていたんだと思う。それでも彼女は弱音なんて吐かなかったし、後ろ向きなことも口にしなかった。頑張り過ぎなんだよ、って口を出すこともしてきたけれど、いずみが昔からそういう性分なのは、僕が一番わかっているつもりだ。

「でもね、それよりうれしい気持ちのほうが大きいかも」

彼女は清々しい表情を浮かべた。

「リクちゃんが弓引くとこ、もうちょっと見られるから」

「いやあ、ギリギリ滑り込みだったけどね」

僕は頭を搔いた。

あと一本外していたら、地区予選は敗退していた。たまたま神様の気まぐれで通過できただけなのだ。もしくは……僕がいずみの運からお裾分けしてもらったんじゃないか、なんて思うことさえある。

「考えてみたら不思議だよ。いずみに誘われてなかったら、弓なんて引いてなかっただろうし」

高校に入学直後、クラスのみんなは、たいてい二、三か所くらい部活動の見学に行っていた。それなのに、僕はどうにも興味が湧かず、まあ帰宅部でもいいかな、なんて考えていて。そこへ声を掛けてきたのがいずみだった。

『リクちゃん、弓道やろう。運動部だけど文化部より動きが少ないし。男女一緒にできて和やかな感じだよ。袴の女の子とか好きでしょ？　しゃべるの苦手なリクちゃんでも、弓持ってればカッコよく見えるし。それに的を射貫く音が気持ちいいから』

小学校でも中学でも、いずみからここまで強く何かを勧められたことはなかった。だからこそ、と言うべきか、彼女にそこまで言われると、なんだか弓道というものが、とてつもなくすごいものに思えてきたのだ。完全に彼女の暗示にかかったのかもしれない。

かくして僕は、自分の願望や意志をほとんど持ち合わせないまま、いずみと同じ弓道部に所属した。

久しぶりにふたりで帰る夜道。最初はぎこちなかった会話も、さすがに十八年来の幼なじみだけあって、あれこれと話しているうちに自然体で交わせるようになった。

柊先生や後輩たちのことだったり、生徒会の仕事のやりがいだったり。思っていたよりもあっという間に祝勝会会場へと到着した。

いずみに誘われた『とらや』とは、僕たちにとってはなじみのお好み焼き屋だ。

その店はちょうど、新興住宅地エリアの手前にある。もうかれこれ五十年近く営業しているという小さな一軒家で、いずみと僕の家族、みんなでお世話になってきた。高校に入ってからは何度か弓道部のメンバーでも訪れている。

引き戸を開けると、店内には芳醇なソースの香りが漂っていた。

「いらっしゃい！」

厨房から、おでこに鉢巻をした〝おじちゃん〟が顔を出した。ここの店主だ。

「おじちゃん、こんばんは！」

僕といずみが中に入ると、

「おいや！　今日はリクちゃんといずちゃん、ふたりかい？」

おじちゃんはオーバーリアクションで驚いた顔をしている。たぶん、これまでふたりだけで来たことがなかったからだろう。

「リクちゃん、県大会出るんだよ！　そのお祝いなの」

いずみは自分の引退には触れずに、おじちゃんに明るく報告した。

「そうかい、そうかい！　そりゃあ、めでたいね。じゃあ、今日は特別に大盛サービスしちゃおうかな」

「わー、やったー！」

いずみが両手を上げて喜んだ。

おじちゃんは僕たちにとって、それこそ箸を持ち始めた頃から本当のおじいちゃんみたいな存在だ。

年季の入ったテーブルがところ狭しと並ぶ古びた店構えながら、味の評判は上々のようで、店内は今日も盛況だった。僕たちは二人掛けの小テーブルに向かい合って座ると、それぞれ好物としているメニューを頼んだ。

「そういえばさ、今日進路希望の紙が配られたんだけど、リクちゃんのクラスは？」

お好み焼きが運ばれてくるのを待つ間、いずみが高校の話題を振ってきた。

「うん、うちも」

進路希望調査というタイトルの用紙で、そこに今後の進学・就職・留学などの希望を書き、動機を添えて提出する。二年生のときにも一度出していたが、今回は保護者の所見と署名を記入する欄も追加されていた。

「なんか、『ザ・受験生！』って感じだね」

いずみの言う通り、選択を迫るカウントダウンは淡々と進んでいる。

「でも、いずみは推薦もらえるだろうし、余裕あっていいな」

「そんなのわかんないよ」

純粋にうらやましくて口にしただけだったのに、彼女からはトーンの低い言葉が返ってきた。なんとなく苛立ちをはらんでいるようにも感じた。僕は彼女に、そんなに嫌みな言い方をしてしまったのか。

「ごめん」

すぐに謝った。昔だったら何も考えずに無邪気な言葉の応酬を交わせたのに、最近はどうも距離感を見誤ることがある。

一方のいずみもハッとしたように、「わたしもなんか、ごめんね。変な言い方しちゃった」と頭を下げた。

「希望しているとこ、すごく人気があるから……余裕はないの」

彼女の将来の夢は、小学校の先生になることだった。だから、志望しているのも教育学部のある大学だ。もうずいぶん前から目星をつけていた。その大学は、他と比べて児童心理に関する授業が充実しているという。それに、大学を挙げて社会貢献にも力を入れているから、自分も参加したいのだと言っていた。

「で、リクちゃんはどうなの？」

会話を仕切り直すように、テーブルに肘をついた彼女が覗き込むような上目遣いで僕を見た。鉄板を挟んで多少の距離があるとはいえ、最近めっきりふたりで話すことがなかった分、何気ないしぐさにもドキリとする。

「うーん、そうだなあ……」

「何も決めてないの？」

そう問われれば、ぐうの音も出ない。大学には行っておきたいものの、明確な動機は浮かばなかった。

「夢って、どうやったら決められるのかな」

と、真面目に聞いてみたところで「ぐうぅ」とお腹が鳴った。周りの鉄板から焦げたソースの香ばしさが漂い、大いに食欲をそそってくるのだから仕方がない。

「やだ、リクちゃん。理性が本能に負けてるよ」

いずみがケラケラと笑う。僕は恥ずかしさで自分の耳に熱がこもるのを感じた。

そこへタイミングよく、おじちゃんがやってきた。

「はい、お待ちどおさま！」

いずみと僕の前に、それぞれ具材の載った丼が置かれる。

「リクちゃんのお祝いに、どちらも大盛にしといたからね！」

「わー、おじちゃんありがとー！」

いずみはどちらかといえばスレンダーな体型にもかかわらず、ここのお好み焼きだけは大盛でもペロリと平らげてしまう。いったいどういう胃袋をしているのか、本当に謎だ。

『とらや』のお好み焼きは『客焼き』が基本なので、僕らは自分たちで生地と具材をかき混ぜた。小さな頃からやっているので、ふたりとも手慣れたものだ。鉄板にタネを落とすと、広がった生地からジュワーッと心地よい音が広がる。

ふと、丼を持ついずみの手の爪に目が留まった。ふつう、筋が入るとしたら縦に入りそうなものなのに、彼女の爪には横線が入っていた。いや、線ではなく、層と呼んだほうがふさわしいかもしれない。見えた爪すべてに何重もの層ができていた。

いずみも僕の視線に気づいたようで、慌てて手をひっこめた。

「前からそうだっけ？」

「ううん、最近」

困った表情を浮かべながらも、彼女はへへへと笑って言葉を継いだ。

「たぶん、忙しさで睡眠時間減ってたせいかも。ふつうはお肌とか髪に出るっていうけど、わたしの場合爪なのかな。そのうち戻ると思うからあんまり見ないでね。あ、そうそう！　そんなことよりも――」

女子にとって、間近でからだの変化に気づかれるのは恥ずかしいことなのだろう。あまり触れられたくないというように、一気にまくし立てて、話題の幕引きを図っているように見えた。

「夢の話の続き！　たとえば、」

いずみは固まってきた生地を眺めながら持論を語り始めた。

「素敵な服を着たいと思うか、作りたいと思うか。リクちゃんなら、どっち？」

「うーん、似合うひとが着ているのを見たい、かな」

「えー、それちょっとイレギュラーな発想だよー」

思い通りの答えを返さない僕に、いずみが頬を膨らませた。それでもすぐに気を取り直し、

「じゃあ、じゃあ、おいしい料理は？　それを食べたいと思うか、作ってみたいか」

「家庭科、苦手だから、食べるほうだね」

「そんなんじゃ素敵なイクメンになれないぞ」

彼女がいたずらな笑みを浮かべる。別にふたりの未来を語っているわけではないだろうに、僕は妙にドキドキした。

いずみも僕の狼狽《ろうばい》を察したのか、「結局何を伝えたいのかって言うとね」と話を戻す。

「リクちゃんにとって、される側じゃなくて、自分がする側になりたいことってなんだろう。何かを創り出したい、ひとの役に立ちたいって思えることができたら、それが夢になるんじゃないかな」

彼女の濁りのないまっすぐな眼差しに、思わず吸い込まれそうな気がした。

「あっ、そろそろじゃない？」

表面がふつふつしてから少し経った。いまが引っくり返す絶好のタイミングだ。僕たちはヘラを構えて鉄板に滑り込ませた。

そのあとは、お互いホクホクのお好み焼きに舌鼓を打ちながら、たわいもない話をしゃべり続けた。大講堂では全校生徒を前に堂々と話すいずみが、口の端にソースをつけて自分の失敗談をうれしそうに披露する。僕はまだ将来の夢なんて持ち合わせていなかったけれど……もしもひとつ希望を語るなら——彼女にはこれから先も、天真爛漫な笑顔を見せてほしかった。

「おじちゃん、すっごくおいしかったよー」

「おうおう、いずちゃんにそう言ってもらえると作り甲斐があるってもんだ」

おじちゃんが店先まで見送りに出てくれた。いずみはおじちゃんの前だと、やっぱり無邪気な孫娘のようだ。すでに日は沈み、街は夕闇に包まれていた。辺りは車のライトの行き交いが目立つ。

「大盛、ありがとうございました」

僕も仰々しく頭を下げる。

「おう、おう。リクちゃん県大会も頑張ってな。応援してるよ！」

「はい、恥をかかない程度には」

「もう、リクちゃんったら消極的！　やればできる子なんだから、もっと自信持って」

いずみがペシッと僕の背中を叩いた。

「ハハハハ、いずちゃんはリクちゃんのお姉さんみたいだと思ってたら、いつの間にかもう、いい奥さんだな。まあ、『かかあ天下』のほうが平和でいいさ」

「ちょっとおじちゃん、そんなんじゃないから！」

彼女は大きく手を横に振った。

『とらや』を出たあとも、ふたり並んで自転車を押し、静かな住宅街を歩いた。

空には明るい月が浮かび、ときおり涼しげな夜風がいずみの髪を揺らす。寝静まるような時刻ではなかったものの、車の往来も人通りもほとんどないため、辺り一帯がシンとしている。

彼女が明るい月を見上げて呟いた。

「気持ちいいね」

「うん」

僕もつられるように空を仰ぐ。

ほかの弓道部メンバーとふたりきりだったら気まずくなりそうな沈黙も、いずみとだったら不思議と気にならない。それこそ幼稚園のときから、並んで黙々と泥団子を磨いていたような仲だ。彼女が近くにいることは何も特別じゃない。

でも……いったい、いつからだろう。

僕がこの胸に、幼なじみに対する感情とはまた違った気持ちを意識し始めたのは。

それはたぶん、小学六年生のとき――一緒に所属した図書クラブでのことだ。

小学五、六年生は、それぞれ一年間、自分が興味のあるクラブを選び、週に二回、六限の授業時に活動した。

五年のときは、いずみに誘われて入ったローラースケートクラブが大変で、派手に転んでばかりで青あざが絶えなかった。だから、六年ではもう少し平和的な、動きのない穏やかなクラブにしようと図書クラブにしたのだ。本にはさほど興味はなかったが、『きっと面白い本、見つかるよ』と、これまたいずみに勧められたという経緯《いきさつ》もある。

図書クラブでは、メンバーが勧める本について定期的に語り合っていた。本の紹介を通じてコミュニケーションを図る、というのが本来の趣旨だ。

それなのに、当時の図書クラブでは、年度の初めから不穏な空気が漂っていた。

何か大きなきっかけがあったわけじゃない。いま冷静に振り返って分析するなら、悪いのは学校のシステムだ。もともとやんちゃ坊主の多い学校なのに、運動系と文化系でクラブの数が半々ほどだった。そのため、定員を上回る希望者のあったクラブではくじ引きが行われた。すると人気の運動系クラブへの所属が叶わなかった〝落選組〟が、渋々地味な文化系クラブに回されるという悲劇が起こったのだ。

大人びた女子たちにひきかえ幼稚な男子たちは、思春期特有の威勢と空回りで場をかき回した。僕だけが中立というか、たぶん存在感が薄かったせいで、男子からも女子からも仲間には引き込まれなかった。

男子たちが紹介する本は、ゲームの攻略本かマンガ本ばかりで、図書クラブでの語り合いにふさわしい選択とは言えなかった。一方、女子が取り上げた児童文学系の作品に対して、彼らは対象作品を読んだかどうかも怪しいのに、

『つまらねえ』

『くだらね』

『意味わかんなーい』

などと蔑《さげす》んだ。

もちろん顧問の先生も彼らを叱ったが、『ゲンロンの自由でしょー』などとよくわかりもせず生意気な口をたたく男子たちを、若い教師ひとりでコントロールするのは大変そうだった。

そんな中、最悪な事態が起こった。

ある日の図書クラブで、僕と同じ六年生の、でも見た目は低学年かと間違えそうになるほど小柄な女の子――たしかアカリちゃんといった――が、『泣いた赤鬼』という本を紹介したときのことだ。

ちなみに、『泣いた赤鬼』の内容はこうだ。

――ある山に心の優しい赤鬼が住んでいたが、その姿のせいで人間たちには疎《うと》まれていた。そこへ青鬼が提案する。自分が悪者役になって人間の村で暴れるので、それを赤鬼が退治したように演じればよいと。作戦は見事に成功し、赤鬼は人間たちの人気者になるが、一方の青鬼は姿を消してしまう――。

アカリちゃんは小学二年生のときに読んで以来、この物語が大好きなのだと言った。その魅力は、自分の居場所を探し求める赤鬼への共感だったり、赤鬼の幸せを願って彼に尽くす青鬼の友情だったり、そして本当の親友を失ってしまった赤鬼の後悔にあるのだと、つらつらと語った。

アカリちゃんのすごいところは、ただ赤鬼や青鬼を称賛するだけではなく、もっとこうしていたらよかったんじゃないかという自分の意見を持っていたところだ。『赤鬼さんは青鬼さんの優しさを、青鬼さんが去ってしまう前に、ちゃんと人間たちに話すべきだったと思います』と。そういう考え方もあるのか、と感心した。

それなのに、アカリちゃんが思いの丈を語ったあとで、男子たちが口々に反論し始めたのだ。

『赤鬼、自分勝手じゃん』

『鬼の演技に騙される人間、だっせー』

『青鬼、ギゼンでしょ、ギゼン。いくらもらって協力したの？』

誹謗中傷レベルの暴言が、見た目からおとなしい印象のいたいけな女の子に遠慮なく浴びせられた。

当然他の女子たちは声を荒らげ、『ひどい！』『謝んなよ！』などと言い返したが、男子たちは悪びれもせずにふんぞり返っていた。

そうこうしているうちに、アカリちゃんからすすり泣く声が漏れた。男子たちはなおも『あーあ、泣いちゃったー』などと囃《はや》し立てる。

僕にも胸焼けしそうな不快感があったが、だからといって彼らに注意する勇気は出なかった。いま思うと本当に情けないことだ。

そんなときだった。

『お願い』

いずみが喉の奥から絞り出すように呟いた。小さな教室を埋め尽くさんばかりの言い合いの狭間から、一筋の光が漏れたようだった。急に場が静まる。

『お願い』

もう一度懇願する彼女にみんなが注目した。

いつも笑顔で凛としていて、周りを明るく照らす太陽のような存在。そんな女の子がいまは、鼻を赤らめて辛そうな表情で口を開いた。

『赤鬼には自分勝手なところもあったし、人間は表面的なことしか見ていなかったかもしれない。青鬼のしたことだって、ホントはもっと違った方法があったんじゃないかなって』

いずみは男子たちの声を否定しなかった。

『みんな、迷いながら生きてるんだもん。こうなったらいいなあ、なりたいなあって夢とか理想はあるけど、なかなかうまくいかないことばかりでしょ』

足元に視線を落としたまま、静かに話し続ける。頰に髪が掛かって彼女の表情は見えない。その声は少し震えていた。

『後悔しないことなんて、ないよ。生きてれば。でも、もっとこうしておけばよかったっていう気持ちがあるから』

急にいずみの言葉が途切れた。

それまで悪ノリしていた男子たちも、ついには全員が口をつぐみ、誰ひとりとして音も立てない。数秒の沈黙の後、抑えていた感情が溢れたのか、彼女は続けた。

『……だから、次は少しだけでも優しくなれるんじゃないかな。わたしもそうなりたいよ。いがみ合いたくない』

顔を上げたいずみの頰は、大量の涙で濡れていた。それを拭うこともなく、教室にいる一人ひとりを順に見つめる。その姿に、胸の奥がギュッと締め付けられるようだった。

『……どうか、お願い』

彼女の声は、永遠に続く残響のようにいまも耳から離れない。

このときこそ、僕がいずみに対して、特別な感情を意識した瞬間だった――。

「どうしたの？　浸っちゃって」

隣を歩くいずみが僕の顔を覗いていた。かつての鮮烈な思い出から、急に現実に引き戻されて焦る。お好み焼き屋から自宅に向かう夜道は相変わらず静かだった。

「いずみってすごいよね」

つい、前後の脈絡もなく思いを口にした。

「えー、リクちゃん。なんか変だよ」

案の定、唐突な言葉にいずみが訝《いぶか》る。

「弓道部、引退したけどさ。たまには気晴らしに弓引きなよ」

「何？　急に」

「だって、僕だけ残ってるのも変だし」

「別に変じゃないよ」

「誘った側がいないのは変だよ」

「そんなこと言われても……」

彼女は、好きで引退したんじゃないのに、とでも言いたげだった。

「いずみが道場にいるほうが張り合いあるし」

早口で付け足すと、そこでようやく彼女がにんまりと含みのある笑い方をした。

「何？」

「もう、リクちゃんは照れ屋さんだなあ」

「照れ屋さんって、高三男子をおちょくるんじゃないよ」

僕は彼女の目を見ずに言い返した。ちょうど、互いの自宅の間にある児童公園の前まで来たところだった。

「生徒会もあるから頻繁にはいけないと思うけど、考えとくね。今日は付き合ってくれてありがと。じゃあ、またね」

夜風に吹かれた彼女の髪が頬に掛かった。いずみはそれを小指ですくい上げて耳に掛け直すと、さわやかな笑みを残して自宅へと向かった。

3

中学では、いずみとは三年間とも違うクラスだった。

小学校が六年間同じクラスだったせいか、毎日顔を合わせるという日常が途絶えたことは、幼なじみながら僕たちの間に決定的な距離を作った。さらに当時は、思春期の到来とともに、男女間の心理的距離まで遠ざかったように感じる。

中学入学からの二週間は、それまでの生活が幻だったのではないかと疑うほど、いずみの顔を見ずに終わる日が続いた。このときはまだどちらも携帯電話を持っていなかったので、直接会って話さなければ、お互いの情報さえもつかめなかった。

せめて同じ部活にでも入部すれば……。

会話のきっかけがつかめればと思い、休み時間や昼休みには廊下や水飲み場をうろついたこともあった。偶然彼女の姿を見かけないだろうかと期待して。なんとも奥手な行動だ。でも、大袈裟な言い方をするなら、このときの僕は、まるで家族がひとり欠けたというほどに空虚な気持ちを引きずっていたのだ。

そんな中、そろそろ連休に入ろうかというある日。

本当にたまたま、いずみと帰宅時間がそろった。

住宅街に入って少し前を歩いていた彼女の背中に気づき、僕は慌てて駆け寄ると声を掛けた。いずみはなんら驚きも感慨もない表情で振り返り、『やっほー』と挨拶した。ひと月近く離れていたんだから、久しぶりに会うのにもう少し違った言葉や表情があるんじゃないの？　なんて心で毒づいたが、彼女はナチュラルな雰囲気のまま、『リクちゃん、部活決めた？』と聞いてくる。

『ううん、まだ』

『いずみは？』

『ボランティア部にしたよ』

彼女の言葉に、思わず舞い上がった。やっとだ。たったひと言、知りたかったことを聞き出すまでが、随分ともどかしかった。

『へえ、そうなんだ』

動揺を押し隠して自然体を装う。

『何をするの？』

『ベルマーク集めたり、お年寄りの施設で交流したり。手話も習おうかなって思ってるけど、別に何をしなきゃいけないっていう決まりはないの』

『なんでボランティアを？』

いずみは顎に手を当てて少し考えてから、

『誰かが喜んでくれるから、かな』

と答えた。ここは激しく共感すべき場面のはずが、僕の心は正直すぎて、またしても

『へえ……』のひと言。薄いリアクションしか取れなかった。

『リクちゃん、やりたいことないの？』

『うん、まあ』

せっかく久しぶりに話せたのに、なんでこんなにぎこちないんだろうと、自分の度胸のなさを悔やむ。

でも、そこでいずみが助け舟を出してくれた。

『じゃあ、ボランティア、合ってるかもね』

『どうして？』

『ボランティアってひとから強制されることじゃないでしょ。自分がしたいことを探すのがボランティア精神の始まりだし』

なるほど。何をするべきか、まだ決まっていなくてもいいのか。

『よかったら、考えてみて』

僕が思いを巡らせているうちに、いずみは『じゃあね』と手を振って自分の家に向かっていった。

その翌日、僕は早速ボランティア部への登録手続きを済ませた。

いずみの幼なじみとして、僕はこれまで彼女の人生を、誰よりも近くから見守ってきた。

そして幼稚園から高校までのすべての段階において、彼女は実に豊かな人間関係を築いていたように思う。

それが特に顕著になったのは、中学時代だろう。彼女は一年生の頃から学級委員に選出され、文化発表会の劇ではヒロインを演じた。ボランティア部では顧問や先輩たちからの信頼が厚く、上級学年になれば後輩からも慕われていた。

容姿端麗、頭脳明晰、それでいて親しみやすく、誰に対しても優しいから人望も厚い。『出る杭《くい》は打たれる』なんていうことわざのように、ともすれば嫉妬ややっかみの対象になりそうなものだけれど、いずみには驚くほど敵がいない。いつも明るく、他人への気遣いができるから、みんなに人気があった。

それはたぶん、彼女には人を惹き付ける才能が備わっていたからだろう。

ただ、そんないずみだって、ひとりの女の子だ。

悩みもせずになんでもこなせるパーフェクトガールではない。


あれは、中学三年生の初夏——修学旅行が近づいていたときのことだ。

とある土曜の午後、僕たちボランティア部は、地元の図書館にいた。

蔵書量は多くなかったものの、館内は清潔感のある明るい建物で、年配の方から子ども連れの家族まで、地域のさまざまな世代に親しまれていた。

そんな図書館の児童書コーナーには、靴を脱いで座れるスペースがある。そこでボランティア部は、昼下がりの朗読劇を催すことになっていた。この催しはいずみの発案だ。

僕たちメンバーは、近隣の幼稚園や保育園に告知のポスターを貼ってもらえるよう、事前にみんなでお願いに回った。

そのおかげか、当日はたくさんのちびっ子たちが集まった。

朗読劇の直前。十数人の児童がカーペットの上で、足を投げ出したり転がったり、バタバタと泳ぐ真似をしたりしていた。お父さんやお母さんたちは、カーペットのうしろのソファで我が子を見守っている。

そこへ、脇から朗読者が登場した。いずみだ。

制服に身を包み、髪を束ねてポニーテールにしていた。彼女が前に腰を下ろしたときには、ちびっ子たちはまだその存在に気づいてもいないようで、思い思いに過ごしていた。

それが、だ。

『さあー、はじまるよー』

いずみがにっこり笑って呼びかけると、ざわついていた児童たちが一斉に顔を上げた。

『あっちっちっちっちっちっち』

役になりきった彼女のセリフで物語が始まった。

保護者たちのさらに後方から眺めていた僕は、場の雰囲気が一気に朗読劇の舞台へと変わった気がした。

その日の朗読劇はいずみの一人芝居で、たくさんのキャラを巧みに演じ分ける必要があった。部として参加したのならみんなで役を分け合えばよかったのだけれど、僕たちはあくまでボランティア部員であって、演劇部ではない。試しにやってみた読み合わせでは、いずみを除いたメンバー五人のあまりの棒読みぶりに、顧問が『こりゃ、なかなかだな』と頭を抱えたほどで。それに加えてそもそも十分な練習期間もなかったので、結局みんなの懇願でいずみの一人芝居になったのだ。

彼女は『みんなでやるから意味があるのにー』となかなか首を縦に振らなかったが、僕を含む全メンバーのヘタレぶりと、あまりにも切実な彼女への一任によって、最後は渋々と引き受けた。

朗読劇の細かなストーリーはもう忘れてしまったが、優しく語り掛ける彼女の声が鼓膜に届いた瞬間、心を奪われそうになった。子どもたちはいつの間にか座り直していて、興味深そうにいずみの話に聞き入っていた。彼女も楽しげだった。小学校の先生になりたいといういずみの夢は、すごく彼女に合っている気がした。

おっちょこちょいでドジばかりの主人公と、個性的な仲間たちを、ときに軽快に、ときに情感豊かに演じ分けていく。

クライマックス、主人公の心のわだかまりが解ける場面。膝の上に置いた絵本に視線を落とすいずみの穏やかな横顔は、まるで陽だまりのようだった。

朗読劇のあと、いずみの周りにはちびっ子たちが集まっていた。

『おもちろかったー！』

『もっと読んでー！』

『また来てねー！』

と、教育番組の歌のお姉さんに対してもここまでの称賛はないんじゃないかというほど、彼らの興奮はすごかった。

図書館の館長さんもいずみのことをべた褒めし、これからも毎月来てもらえませんかと顧問に掛け合っていたが、顧問のほうも、

『いやあ、これからは受験勉強もあるので……』

と、喜びつつも困り顔になっていた。

図書館からの帰り、その日はいずみとふたりで帰ることになった。

『やっぱ、すごいね、いずみって』

降りた自転車をそれぞれ手で押して、並んで住宅街を歩く。

『リクちゃん、それ、さっきも聞いた。今日何度目?』

そう答えつつも、彼女の表情はうれしそうだ。

『いや、だって、思い出すたびにあの朗読、すごかったなって』

『そんなに褒められると照れちゃうよ』

『じゃあ、もっと褒める。普通じゃ出せない味っていうのかな。いずみらしさが出てて、子どもたち、夢中になってたもん』

彼女とはクラスが違ったし、部活動のあとだって、なんだかんだいろんな仕事を抱えるいずみと暇な僕とでは、ふだん、なかなか帰りの時間が合わない。だからふたりだけで話

をする機会は本当に久しぶりだった。僕が饒舌になったのも、そんな高揚感からだったかもしれない。

『えへへ、うれしい』

彼女も変に謙遜せずに、喜びを露わにした。その目は、なんとなく潤んでいるように見えた。涙が出そうになるほど喜んでくれるなんて。僕までうれしさで泣きたくなったが、少しして違和感に気づいた。

『いずみ？』

彼女は反応しなかった。

何か別のことに思いが寄って、僕の呼びかけが聞こえていないのだ。こういうことは珍しい――というか、初めてだった。

先生やほかの生徒の前だったら、たぶんこの先も絶対に見せないであろう顔。傲慢な言い方かもしれないけど、幼なじみである僕の前だからこそ、無意識にさらけ出してしまったんだと思う。

『ねえ、いずみ？』

『ん？』

二度目の呼びかけで、ようやくこちらを向いた。彼女の潤んだ瞳は喜びなんかじゃなかった。何か、心に溜めていたものをそのまま留め続けようとしているのに、それができない。そんな表情だった。

『何か困ってる?』

僕の問いかけに対して、彼女は平静を装うように首を傾げた。

『え、なんで?』

『幼なじみの予感』

別に格好よく言おうとしたわけでもなかったのに、いずみにはキザに聞こえたのだろうか。プッと噴き出して口元を緩めた。

『リクちゃん、わたしのこといつも、すごい、すごいって言うけど……リクちゃんのほうがよっぽどすごいよ』

僕を見つめる目は、今度は本当にうれしそうだった。

周囲からの信頼や人望の厚い彼女だって、けっして万能というわけではないのだと、そのとき初めて知った。いずみにだって不器用なところがあったのだ。

それぞれの家に入る前に、児童公園に寄った。

自転車を停め、砂場の前のベンチに並んで腰掛ける。夕暮れの公園には僕たち以外の人影はなかった。しばらくぼんやりと空を眺めてから、気持ちの整理がついたのか、いずみが口を開いた。

『全部好きでしてることだから、大変だとは思いたくないの』

中学三年生だった当時の彼女は、ボランティア部の部長を務めながら修学旅行実行委員長という大役も兼務していた。『全部』というのは、学生の本分である勉強も含めてのすべてを指してのことだろう。

『でもね、ちょっと時間が足りないんだよね』

拗ねたように、少しだけ唇を尖らせた。彼女のこういうしぐさも珍しい。

『実行委員の仕事？』

『うん、まあ』

『他のメンバーは手伝ってくれないの？』

『ううん、みんな自分の仕事を受け持ってる』

『それでも厳しいんだ？』

『わたしが頑張れば、なんとかなるかな』

先ほどいずみが見せた虚ろな表情を思い浮かべる。僕が十五年間見てきた彼女は、こんなふうにひとりで抱え込む子じゃなかった。テスト勉強なんかはとくに、もともと計画性を発揮して、僕よりはるかに綿密に、無理なく効率のいいスケジュールを立てていた。そんな彼女が『わたしが頑張れば』なんて口にするとは。

『売れっ子はいいなー、やることいっぱいあって』

わざと呑気な言い回しで、あっけらかんと答えてみる。

『何、それ。ちょっと嫌みに聞こえる』

すると案の定、彼女は膨れっ面をした。

『こっちは暇を持て余して死にそうだよ』

『リクちゃんだってやることあるでしょ』

『ううん、全然。ホント、暇。今日だって帰ってぼけーっとしてるか、ゲームでもするか。いずみさんとは住む世界が違うんだよね。こっちだって、なんか振られればそれなりにやれるのに、信用されてないのか、なんにも声掛けられないもんなー』

『ええ？　嫌みの次は僻《ひが》み？』

『やきもちって呼んでくれるかな』

『フフフ、リクちゃんがわたしに？』

『悪い？』

『悪くないよ』

いずみが弟を見るように目を細める。やっと、いつもの穏やかな彼女に戻った。

『だったらなんか手伝わせてよ』

不貞腐《ふてくさ》れたような表情で、本題を切り出した。

『ええ？　本気？』

『この目を見ればわかるでしょ』

そう言いつつ、僕は仰々しくて嘘くさい真顔を作る。

『ちょっと、真面目にやってよー』

彼女が白い歯を見せて笑った。

もう大丈夫。そう思い、ベンチを立った。

『で、何をやらせてくれるの？』

振り返って尋ねる僕を、いずみが見上げた。

朱色の幕が覆う夕暮れの児童公園で、彼女のその上目遣いに、僕の胸が高鳴った。

翌日から僕は、いずみが抱えていた修学旅行実行委員の仕事を手伝った。

昼休みは、急いで弁当を食べ終えて図書室に集合。他の連中に見つかると、僕たちの関係をひやかされたり詮索されたりして面倒だったから、行動は慎ましく、そして迅速に。図書室が閉館時間を迎えれば、そのあとはいずみの部屋に作業場を移した。

彼女は常に、膨大な資料をカバンに詰め込んでいた。

その仕事内容は、出発式、解散式、入館式の挨拶原稿作成に、毎日の実行委員会議の内容決定、旅行中の部屋長会議の段取りに各クラスのスローガンの取りまとめと……挙げればきりがないほど多岐に亘った。

もちろん作業は分業制だ。他の実行委員たちも、しおりを編集したり、バスの中でのレクリエーション内容を決めたり、やることは多かったようだ。

それでもいずみの受け持ちは、大切なものばかりで時間もかかりそうだった。だから僕は、完全にいずみ専門のサポート役に徹した。彼女の指示に合わせて追加、修正、書き起こしなんかをしていく。

よくよくいろんなメンバーから話を聞いてみると、いずみの仕事が山のようにあった本質的な原因は、どうやら実行委員会の顧問である学年主任にありそうだった。

彼は『生徒主体の修学旅行』を名目に、ほとんどすべてをいずみに丸投げしていた。いくら彼女が万能感を漂わせているからって、さすがにそれはひどい。

『まあ、でも……。あの先生、いざ関わってくると見当違いのことばっかで、もっと大変になっちゃうから。わたしたちだけでやったほうが賢明だよ』

いずみは困り顔をしながらも、僕の前でなら、意外にこういう毒も吐く。

彼女は聖女じゃない。周囲の頼みを一手に引き受け、周りには気苦労を見せずに頑張りぬこうとするけれど。ごく普通の、笑い上戸《じょうご》で、涙もろくて、勝ち気なときも弱気なときもある、ひとりの女の子だ。

毎晩遅くまで作業を続け、なんとか修学旅行を迎える前に準備は完了した。

『リクちゃんが手伝ってくれたから、すごく助かったよ。ありがとう』

完成したしおりを胸に抱えて、彼女はそうほほ笑んだ。

いやいや、こちらこそ。中学校生活の中でもみんなが楽しみにしていた修学旅行。このイベントの一端を担えて、案外僕も充実していた。

それなのに……旅行前日の夜。

それまでの過労が重なったのだろうか。

いずみは高熱を出して寝込んでしまった。

Another Side

わたしは弓道場が好きだ。

歴史ある大講堂の裏手にある、木々で囲まれた静かな空間。芝の敷かれた長い矢道と、先にある安土には的が三つ。

射位に立った。ここは外界から隔てられた空間みたいだ。

弓を打ち起こし、呼吸を落ち着かせたところで引き分けに入る。するすると矢が降りていく。こういうときは、調子がいい。柊先生のアドバイスで、今年の春から重い弓に替えた。何しろ、もう三年生の初夏だ。高校生活最後の大会が近い。この弓は引くのに力が必要だけど、引き方次第では軽く引けた。

弓のしなり具合を全身で感じる。

ぴんと張られた弦。

頬に触れる矢のひんやりとした感触。

的を見据えるわたしの周りから、音は消えた。

景色だって、時間が止まったように静止している。

この瞬間が愛おしい。一瞬、世界を切り取ったかのような心地がするから。

右手が弦をさっとはじいた。

スパンッ。爽快な音が響いた。

的場に向かおうと道場を出ると、ちょうど矢取道に、リクちゃんが立っていた。

「リクちゃん、来てたんだ」

「ちょうど、引いてるとこ見えたから」

制服姿の彼が、通学カバンを肩に掛け直す。

「いずみ、絶好調だね」

「へへ、そう見えた？」

「うん、きれいな射だし。いい感じだと思う」

「ありがと」

そんなにストレートに褒められると、なんだか照れる。わたしの胸の高鳴りが彼の耳にまで届いていないだろうかと、内心焦った。

「リクちゃんは引いていかないの？」

「うまく力が入らなくてね」

彼はどうも、今年の春頃から肩の調子が悪いらしい。『お医者さんに診てもらったらいいのに』と何度か持ち掛けても、『筋肉や骨の問題じゃないと思う』と答えて、受診しようとしなかった。

「最後の大会、間に合うかな」

「間に合わないよ。もう出るつもりないし」

わたしの心配をよそに、彼はいたってあっけらかんとしていた。

「それでいいの？」

「いいよ。いずみが頑張ってる姿、見られれば」

「もう……また、そんなこと言って」

わたしの不満を受け流すように、リクちゃんはふわりとほほ笑んで、

「それよりさ、生徒会、文化委員長まで引き受けたんだ」

別の話題を振った。

「うん、わたしからやらせてくださいって頼んだの」

「どうして？」

「高校生活最後の思い出、ちゃんと作っておきたいなーって」

こういう会話をすると、リクちゃんはたいてい、『頑張り過ぎだよ』と心配する。わたしの性格を『頑張り屋さん症候群』と命名したくらいだ。

それなのに……。

「文化委員長ってことは、文化祭のスローガンもいずみが考えるの？」

「え……うん、そうだけど」

「どんなスローガンになるか、楽しみにしてるよ」

「あ、ありがと」

最近は、ひとが変わったようにただ応援してくれた。

彼の言葉は純粋にうれしい。うれしいんだけど、でも……なんだかちょっと、調子が狂っちゃう。

――幼稚園の頃のリクちゃんは、わたしにとって弟みたいな存在だった。

同い年で、生まれた月も近い。活発なわたしにたいして、リクちゃんはとてもおとなしかった。暗いわけじゃない。ほっぺたがプクプクしていて、見た目はかわいらしかったし、愛嬌もあった。ただ、彼は変わっていて、何かに没頭すると、周りのことが見えなくなったり、時間の感覚がなくなるほどのめり込んだりしてしまうところがあった。

当時、幼稚園では泥団子作りが流行っていた。

リクちゃんは、それが誰よりうまかった。

土をこねて団子状にしてから、その表面に粉のように白い砂をかけ、親指で優しく撫でる。それをひたすら繰り返すのだ。

彼はただ黙々と、毎日のように泥団子を磨き続けた。幼稚園には、泥団子を作りに通っているんじゃないかというほどだった。

一方のわたしは、どうもそういう作業が向いていなかったようで、なかなかうまく作れなかった。どうしてもこする指の力加減がうまくいかずに、磨いている最中にヒビが入ってしまう。

『リクちゃんの、きれいだね』

隣でピカピカの泥団子を磨く彼に、わたしが感嘆の声を上げる。すると、返事こそ返ってこなかったけど、彼は得意げに鼻を膨らませた。

『それ、完成したらどうするの？』

『お母さんにあげるんだ』

ふだんはあまり感情を露わにしないリクちゃんが、と驚いた。いつもお母さんにべったりというわけでもないし、むしろあまり甘え上手でもなかった。でも、胸の内には強い思いがあるんだな、って。

『きっと喜んでくれるよ』

『うん』

そうやって丹念に磨き続ける姿が、そばで見ていて愛おしかった。


いつからだろう。

そんなリクちゃんに、凜々しさを感じるようになったのは。

はっきり覚えているのは、小学校一年生の冬。

ちょうど、マラソン大会が近づいていた頃だ。

わたしたちは毎日一緒に練習した。当時のわたしは、パパに『一等賞になるの』と約束して張り切っていた。別に、すごく足が速かったわけじゃない。マラソンが大好きだったわけでも、何がなんでも一番に憧れていたわけでもなかった。

たぶん、パパが喜ぶ姿が見たくて頑張ったんだと思う。リクちゃんはあまり乗り気じゃなかったから、なんだか申し訳なかったな。

あのとき一番積極的だったのは〝くぅ〟ちゃんだ。少し前に土手の茂みで保護したときには警戒心もあってか、あまり元気がなかったのに。それが毎日モリモリご飯を食べているうちに、どんどんやんちゃになっていった。ちっちゃい頃の〝くぅ〟ちゃんは、かけっこが大好きだった。いつもわたしと競って、思いっきり尻尾を振って。わたしが手繰《たぐ》るリードは、いつもピンと張りっぱなしだった。

そんなわたしたちに、リクちゃんも必ず付き合ってくれた――なんて言ったら、彼は口を尖らせるだろう。それだと自主的に参加したみたいだよ、って。

リクちゃん、ごめんなさい。訂正します。

わたしはリクちゃんを、強引に誘いました（笑）。

でもね、あのとき見ていた景色は、いまもちゃんと心に残ってる。

夕日に照らされた山の稜線とか、ビロードみたいにきらめく川のせせらぎとか。冷たい空気を吸い込む心地よさも。

『リクちゃん、もっと腕振ったら』って、後ろを走るリクちゃんを振り返っては、よく助言していたな。まるで先輩かコーチみたいに。

『先に行っててていいからね。僕に合わせてたら、いずちゃん、一番取れないよ』

リクちゃんは、そのときすでに相当痛みを感じていたはずなのに。

それなのにわたしは、悪びれもせずに、『リクちゃんも、一番になるの』と笑った。

気づいたのは、それから一週間もしてからだった。

リクちゃんがなんとなく片足を引きずるように走るのを見て、急に心配になった。

『どこか痛むの？』

リクちゃんは『ううん、大丈夫』と言ってわたしの後をついてきた。途中で練習を打ち切ろうと思ったけど、〝くぅ〟ちゃんがどんどん先に行きたがったため、引っ張られるようにしてわたしも進んでしまった。

でも、いよいよ異変が明るみに出た。

リクちゃんのシューズの色が片方だけ変わっているのは、遠目からでもわかった。

前を走っていたわたしは、

『〝くぅ〟ちゃん、ちょっと待って』

とリードを引いた。

〝くぅ〟ちゃんも、わたしの声色がいつもと違うことを察したようで、すぐにUターンしてくれた。リクちゃんのもとに駆け寄って、彼の足元を覗き込む。すると、白いはずのシューズの足先が、ちょうど赤色の絵の具が滲んだようになっていた。

『ちょっと！　リクちゃん！』

驚くわたしにリクちゃんは、『へへへ、大丈夫だから』と笑った。

『大丈夫じゃないよ！』

強引にシューズの紐をほどき、脱がせると……右足の靴下も真っ赤だった。

冬なのに額に汗を浮かべているのは、ただ走り疲れたからじゃなかった。

『絶対にここで待ってて！　動いちゃだめだよ！』

わたしが泣きそうになって叫んでいるのに、リクちゃんはなおも『歩けるよ』と答えた。

『だめ！　動いたら絶交だからね！』

わたしはリクちゃんをそこに置いて、〝くぅ〟ちゃんとともに急いで家に戻った。

たしかそのあとは、リクちゃんのお父さんのカイトさんが、リクちゃんを病院に連れていってくれた。どうやら親指の爪がひどく割れていたらしい。お医者さんに、いつそうなったのか、どうして割れたのか聞かれても、リクちゃんは『憶えてない』の一点張りだったという。

ただ、そのこと以上にわたしが心を痛めたのは、リクちゃんがあの日いきなり足を傷めたわけではなさそうだということだ。思い返せば、なんとなく走り方や歩き方がおかしいな、と感じる部分はたしかにあった。それなのに……わたしが無理に誘ったから。

治療を終えたリクちゃんに、わたしは謝った。

『ごめんね、リクちゃん』

でも彼は、下唇を噛んで肩を落とすわたしに明るく答える。

『こんなの、全然平気なのに。お医者さんにしばらく走っちゃだめって言われちゃった。でも、マラソン大会近いから、いずちゃんはちゃんと明日も走るんだよ。一等賞取るんでしょ。僕、見守ってる』

『でも……』

わたしはなおも戸惑ったが、リクちゃんは笑いながら言った。

『だめだよ。走らなかったら絶交だよ』

いまだから思うことかもしれないけれど……泥団子を磨いていたときのかわいいリクちゃんとはまた別の、凜々しさを感じた瞬間だった。

振り返ってみると、リクちゃんはいつも優しかったな。

お母さんにプレゼントしようと作っていた泥団子のこともそうだし、足の痛みを押し隠してまでマラソンの練習に付き合ってくれたのだって。

その優しさを感じたのは、何も小さな頃だけじゃない。

とくに印象深く残っているのは、中学の、修学旅行前の出来事だ。

ちょうどいろんなことが重なって、わたしが心に余裕をなくしていた時期だった。

ボランティア部の朗読劇をなんとかやり切った帰り道だったかな。

わたしの中で、緊張の糸がプツンと切れたのかもしれない。

『ねえ、いずみ？』

『ん？』

リクちゃんに呼ばれたことに気づいて我に返った。

『何か困ってる？』

彼はわたしの心の中が見えているのだろうかと息を吞んだ。

そのときのわたしは、なんとか平静を装って首を傾げた。

『え、なんで？』

『幼なじみの予感』

　中学では三年間とも別々のクラスだったこともあってか、小学校までと比べてずいぶん彼との接点は減っていた。まったく顔を合わせないことが数日くらいは続いたことだってある。それでも……やっぱりリクちゃんはリクちゃんだ。

　いつだってわたしを元気づけてくれる。勇気づけてくれる。彼にはそんなつもり、ないんだろうけど。わたしは思わず、プッと噴き出して口元を緩めた。

『リクちゃん、わたしのこといつも、すごい、すごいって言うけど……リクちゃんのほうがよっぽどすごいよ』

　リクちゃんはどう反応していいのかわからないようで、小さく照れ笑いを浮かべた。

　だからかな、あのとき夕暮れの児童公園で弱音を吐き出せたのは。

　わたしの『頑張り屋さん症候群』は、いまもなかなか治りそうにないけれど、彼はわたしを理解してくれている。わたしに毒抜きさせてくれたり、わたしが引け目を感じないようにおどけて振る舞ってくれたり。

　全部お見通しなんだよ、リクちゃんの優しさは。

　修学旅行実行委員の仕事は、図書館で閉館時間まで取り組んだ。

　泥団子作りなんて将来の役に立たないって、彼はそうぼやいていた。でも、全然そんなことはない。リクちゃんの集中力には目を見張るものがあったから。わたしなんかよりよっぽどテキパキこなしてくれた。

それでも終わらないぶんは、わたしの部屋に持ち帰った。

『いつから付き合いだしたの!?』

リクちゃんを部屋に案内して、わたしだけリビングに下りると、ママがオーバーリアクションで食いついてきた。

『付き合ってません。修学旅行のしおりづくりを手伝ってもらってるだけ』

『そういうデート、いいなあ』

ママはずいぶんと勝手に妄想を膨らましてたな。

付き合うとかデートとか、昼休みなんかにクラスの女の子たちとしゃべっていると、必ず出てくる話題だったけど。正直わたしには、ピンとこなかった。

『好きなひとの前だとうまく話せなくなっちゃうんだー』

親友のユキがそんな悩みを打ち明けたことがある。

『あー、わかる、わかるー』

同じく親友のリカコも激しく共感しているようだった。

でも、わたしはどうだろう。パパのこともママのことも好きだけど、うまく話せなくなるなんて。リクちゃんとだってそうだ。ドキッとすることはあっても、ドキドキまではしないし、話せなくなることもない。

だからわたしは、恋というものについて、いまいちわかっていなかった。

わかっているのは、パパの優しさ、ママの優しさ、それからリクちゃんの優しさだ。優しさの中でわたしは歩んできた。

リクちゃんが手を差し伸べてくれたおかげで、修学旅行実行委員長としてするべき準備はなんとかやりきった。

それなのに……だ。

リクちゃんは出発前夜になって高熱を出し、結局、修学旅行を休んだ。

小学校のときにマラソン練習で負わせてしまった足の怪我同様、わたしはひどく悔やんだ。ああ、わたしがリクちゃんに手伝ってもらったばっかりに、彼に無理をさせてしまったんだって。

わたしはとても修学旅行に行きたい気分じゃなかったけど、『リクちゃんの気持ちを無駄にしないの』とママに説得されて、なんとか二泊三日の修学旅行を実行委員長としてやり遂げた。自分の役割を全うすることだけを考えていたように思う。

帰りのバスを降りると、自宅ではなく、真っ先に彼の家に向かった。

そして玄関チャイムを鳴らそうとした矢先、ガチャリとドアが開いて、リクちゃんが顔を見せた。

『あ、リクちゃん』

『部屋から見えたから』

聞く前に、彼はわたしの疑問に答えた。

『どうしたの？　そんなに急いで』

額に汗を浮かべているわたしに対して、リクちゃんは部屋着のトレーナーに身を包んでまったりとした印象だった。

『熱は、大丈夫？』

『いやあ、もう全然。初日の夕方には下がってたよ』

『そう……』

中学校生活最高の思い出になったかもしれない修学旅行を休んだリクちゃんに、わたしはどんな言葉を掛けたらよいのか迷って、声を詰まらせた。

すると彼は、

『いやあ、でも、こんなに家で自由気ままに過ごせたの、初めてだよ。修学旅行を休んだ息子を不憫に思ってか、父さんも母さんも何も言わないから。もうね、ゲーム三昧にマンガ読み放題に、お菓子食べ放題にダラダラし放題で、すごく充実してた』

そう、ずいぶんと自慢げに語ってきた。

『何、それ』

わたしは目を伏せた。

リクちゃん、柄に合わないよ。

『うらやましいでしょ』

彼は満面の笑みを浮かべている。

『もう……心配して損しちゃった』

わたしは頬を膨らませると、リュックから包装された箱を出した。

『はい、お土産。名物のお饅頭』

『わー、ありがとう。やったー』

リクちゃんはまたしても、リクちゃんらしくないリアクションをした。

でもね、わかってるんだよ。

うん、全部わかってた。

わたしにうしろめたい思いをさせないように、リクちゃんなりに気を遣ってくれてたんだよね。

ひょっとしたら、あのときリクちゃんの優しさに、幼なじみ以上の感情を持ったのかもしれない――。


紺色のブレザーから、薄手のシャツに衣替えした六月。

市の弓道場で地区大会が行われた。

リクちゃんは出場しなかった。からだの調子がどうしてもよくないらしい。でも、代わりにギャラリー席から、精いっぱいわたしたち出場選手を応援してくれた。

きっと、そんなリクちゃんの思いが届いたんだと思う。

わたしは地区大会を勝ち上がり、県大会の出場を決めた。

表彰式の後、荷物をまとめていると、リクちゃんが声を掛けてくれた。

「やったね、おめでとう」

「へへへ、ありがとう」

短くても、やっぱり、リクちゃんの言葉はうれしい。

でも、顔に出し過ぎないように、控えめに笑った。三年間で最後の集大成となる大会だ。リクちゃんだって出たかったはず。わたしばかりがはしゃぐのは忍びない。

それなのに、彼は言った。

「もっと喜ぼうよ、いずみさん。県大会ですよ、県大会」

リクちゃんがわたしを『さん付け』で呼ぶときは、場をなごませようと冗談めかすときか、ひどく機嫌のいいときだ。

「でも……」

わたしが言いかけると彼は、目尻を下げて笑った。

「いずみの弓、好きだな。すごく。もう少し長く見ることができてうれしい」

わたしはリクちゃんの、最後の大会に出場できないまま引退を迎える悔しさを案じていたのに。それなのに彼は、わたしのことを祝福してくれる。

温かな優しさに触れ、思わず目頭が熱くなった。

ありがとう、だけでは伝えきれない感謝。

どうやったらリクちゃんに届けられるんだろう。

そんなことを思っていたのに……。
地区大会の翌日から、リクちゃんは急に、学校を休むようになった。

第2章

僕の世界は、ずっと君だった

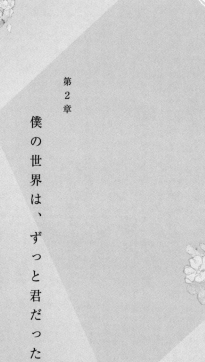

1

七月に入り、徐々に暑さが増してきた。

クラスの半数以上が部活動を引退したせいか、教室の中はなんとなく静かになった。落ち着いているというよりは、大学受験という一大事に向けて徐々に目の色が変わってきたようだ。推薦狙いのメンバーなんかはとりわけ試験が早い。さっさと進路を決めてしまいたい。そんな思いは、しゃべらなくても見て取れる。

一方の僕はというと、推薦の話も来てはいないし、チャレンジしても難しそうだ。県大会が終わったら、予備校の夏期講習でいままで怠けてきた分も取り戻す。ただ、いずみが早めに推薦をもらったら、彼女に家庭教師代わりにいろいろ教えてもらうのもいいかもしれない。と、そんな呑気なことを考えていた。

弓道部を引退したいずみとは、クラスも帰りのタイミングも違うせいか、最近ほとんど顔を合わせていない。彼女はいつ頃推薦がもらえそうなのか。いまはどんな勉強をしているのか。ちょっと情報でも仕入れておこうかと考え、昼休み、購買部に行くついでにいずみの教室に寄った。

後ろのドアから中を覗いたが、彼女の姿はなかった。交友関係の広いいずみなら、たいてい誰か女友達と一緒なのに。

それから屋上と弓道場も見て回ったが、やっぱりいない。

そこで、一か所心当たりから漏れていることに気づいた。彼女はまだ生徒会に所属していたじゃないか。抱えている仕事があって生徒会室にいるのかもしれない。

あの部屋にはあまり近づきたくはなかったものの、ドアの外から彼女の所在確認だけでもしておくか……。空腹を我慢しつつ、目的地の前の廊下に立った。

小窓からそっと中の様子を窺うと、男女ふたりが仲睦まじく談笑していた。男子のほうは生徒会長の伊勢で、女子は書記をしている下級生の子だった。他に生徒の気配はない。

僕は身を翻すと、気づかれないように、廊下の壁に張りついた。

思わず舌打ちする。一番会いたくない相手がいた。

女子がいずみではなかったことはよかった。いずみは中のふたりの関係を知っているのだろうか。一瞬見ただけで、ただの先輩後輩の関係ではなさそうなことくらい、僕でもわかる。お互いの膝がくっつきそうなほどの距離も、視線の交わし方も、恋人同士かその一歩手前くらいの雰囲気だった。

ただなんとなくいずみを探していただけなのに、嫌な場面に遭遇してしまった。


——ちょうど一年ほど前。

高校二年生の六月頃だったろうか。梅雨のシーズン真っ只中で、毎日雨が続いていたある日の放課後。

いずみが伊勢と、ひとつの傘に身を寄せ合って歩いている姿を目撃したことがあった。弓道場で稽古中だった僕が、射終えた矢を抜きに外へ出て、傘を差したときだ。昇降口のほうから出てきたふたりが、そのまままっすぐ二階建ての駐輪場へと向かう。伊勢が一方の手で傘を持ち、もう一方の手でいずみの肩を抱いていた。そして伊勢が何か言って笑いかけると、いずみのほうもおどけた表情を見せた。

的場に向きかけていた僕の足は、硬直して完全に止まっていた。からだが急に熱を帯びて、なんだか胸のあたりもムカムカして。

いずみは昔から、女子だけでなく男子からも人気があった。

幼稚園から小学校の頃は、それが『ちょっかい』という行為で表現されていたが、中学以降では告白というストレートな愛情表現に変わったようだ。『ようだ』としか言えないのは、直接彼女から聞いたわけではなく、すべて又聞きだからだ。

幼なじみではあってもクラスは違ったし、僕たちの間に高くそびえる、思春期特有の自意識という壁もふたりを隔てた。いや、そこは、僕が勝手に避けていただけかもしれないけれど……。

とりあえず、当時のいずみ関連情報では、告白はされたとしても付き合ったという噂は耳にしなかった。本人に聞けば済む話だが、そうしようとは思わなかった。自分から嵐の中に飛び込んでいくようで、もしも決定的な現実を知ってしまったときに、どうしていいかもわからないからだ。

これまでだって、そういう屈折した思いを胸に秘めたままやり過ごしてきたのに、まさか突然見たくもない光景を眼前に突き付けられるとは。

向かおうとしていた的場は、ちょうど雨をしのぐために伊勢たちが入った駐輪場のすぐ手前にある。どうしようかと思いあぐねているうちに、伊勢はいずみに傘を渡して駐輪場の奥へと消えた。そして傘を受け取ったいずみは、それをそのまま差して、道場の入り口へと向かってくる。僕は自分の傘を傾け、彼女からは表情が見えないようにした。

『あ、リクちゃん』

呼ばれてから、ゆっくりと傘を持ち上げる。

顔はこの傘で隠していたのに、いずみは僕の名を口にした。

もしかして、僕が駐輪場を眺めていたことに気づいていたのだろうか。

『いずみ』

名前だけ呼び返して言葉が続かなかった。

『生徒会、長引いちゃって』

彼女のほうも、足元に落とした視線をさまよわせる。

お互いの言葉にちょっとした間があって、なんかぎこちない。何かもうひと言、言ったほうがいいのか。でもそれは余計なことなのか。ためらったまま踏み出せない、そんなもどかしさがあった。

結局その日、いずみに伊勢との関係を聞くことはできなかった。

いや、その日だけじゃない。今日にいたるまで、ずっとだ。

知りたいのに知りたくない。そういう気持ちは、これまでの人生でもいろんな場面で経験してきたのに……。でも、そのときが一番きつかった。いずみの前ではできるかぎり自然に振る舞っていたから、たぶん彼女は僕が悩んでいたことなんて、微塵も感じてはいなかっただろうけど。

実際の僕は、数日間ずっと食欲もわかず、悶々とし続けていた。

それを恋だというひともいるだろう。ただ、そのときの僕の気持ちは、そんなきれいな言葉では表現できない。親しみ、憧れ、尊敬——そういうのとは異なる、もっとざらついた感情。おそらく十七年間で初めて抱いた感情だ。

僕は間違いなく、伊勢に嫉妬していた——。

生徒会室の前で、廊下の壁にもたれていた僕は、いずみを探すのを諦め、そのまま教室へと戻った。おかげで、その日は昼食を食べ損なってしまった。

放課後は、後輩たちに交ざって道場で稽古に打ち込んだ。いずみの不在と伊勢の嫌な記憶のせいで、あまり集中できず、成績はよくなかった。

片付けをして帰り支度をしても、辺りはまだ昼間のようだった。東の空は藍色に染まってきているものの、西のほうはまだまだ明るい。

道場を出ると、制服のポケットからスマホを出した。昼休みが終わる頃、一応いずみにメッセージを送っていた。僕が彼女を探し回ったことや、生徒会室で伊勢が後輩女子と親密にしていたことは伝えずに。夏休み前にある数学のテスト範囲でわからないところを、時間に余裕があるときにでも教えてもらえないかと、そういう理由を添えて。

気づかなかったが、彼女からは稽古中に返信があった。

【今日学校休んだんだ。ちょっと体調悪くて……。復活したら数学付き合うね】

いずみは小学校、中学校と、九年間皆勤だったはずだ。高校に入ってからはどうだろう。部活動がある日には、必ず弓道場にいた。練習が休みだった日のことはわからないけど。でも、それくらい学校を休まない印象だった。中学三年生の修学旅行前に高熱を出したときのように、またいまも、いろいろ抱えて頑張り過ぎているのだろうか。県大会に出る僕には、遠慮して声を掛けてこないのかもしれない。

いずみは万能じゃないんだから。

『何か困ってる？』

明日にでも、またかつてのように、彼女に聞いてみよう。

そう思っていたのに、いずみは翌日も学校を休んだ。

休み時間に彼女のクラスを覗くと、いずみの席には荷物がなく、がらんとしていた。

下駄箱にも靴はなかった。すでに何通かのメッセージを送っていたが、どれにも返信がない。放課後、弓道場に向かうと、矢取道から弓を構える後輩たちを眺めた。

その中で、弓を構えるいずみを想像する。

黒袴に、純白の道着。微動だにせず、普段の愛らしさとは一味違った、凛とした佇まいで的を見つめる彼女を。弓のしなり具合と張りつめる弦、そしてジュラルミンの矢の輝きといずみのからだ、すべてが美しい。吸い込まれるように、思わず見惚れる。

でも、想像から意識を戻したとたん、いずみは消えた。

その姿はいま、ここにはない。

学校にも来ないし、連絡もつかない。ふと、その存在は夢か幻だったのかと、変なことを考えてしまいそうになる。

僕は体調不良を理由に稽古を休んだ。

まだ明るい空のもと、がむしゃらに自転車を漕いだ。乱れた呼吸は、そのせいだけじゃない。いずみ不在の世界の不穏さが耐えられなかった。

児童公園に差し掛かると、自宅には入らずに、直接いずみの家の前に自転車を乗りつけた。見上げると、彼女の部屋の窓はカーテンで閉ざされ、明かりもついていない。玄関のチャイムを鳴らすと、しばらくしてドアが開き、アヤノさんが顔を見せた。

「あら、リクちゃん」

アヤノさんは笑顔で応じてくれたものの、目元には少し疲れが滲んでいた。

「いずみ、どうしたんですか」

僕は挨拶もそっちのけで、核心に迫った。

「なんか最近、調子が悪いみたいで……今日もずっと寝てるの」

アヤノさんが視線を落とす。

「ちょっとだけ、いずみと話せませんか」

どことなく……本当にわずかだけど、アヤノさんの声が震えたように聞こえた。僕といずみの付き合いと同じ長さだけ、僕はアヤノさんのことだってわかっているつもりだ。

「でも……いま本当に寝てるし、それにパジャマだから、リクちゃんには見られたくないかも」

その困り顔に、僕は怯《ひる》む。

「すみません」

たしかにちょっと強引過ぎた。自分の心のざわつきを抑えたい一心だけで、いずみやアヤノさんの気持ちを考えずに行動してしまった。

体調不良が二日続いただけじゃないか。それに、そんなときにスマホの小さな画面を見て操作するなんて、そもそも煩わしいだろう。

「リクちゃんが心配して来てくれたこと、ちゃんと伝えるね。あの子、喜ぶと思う。ありがとう」

アヤノさんが目を細めると、その足元から鳴き声が聞こえた。

「くぅぅ〜」

玄関奥から顔を見せたのは、小さかった頃に土手で保護した〝くぅ〟だった。人間なら、もうずいぶんと老齢なはずだが、その愛らしい表情は昔から変わらない。

「どうした、〝くぅ〟。散歩したい？」

しゃがんだ僕に〝くぅ〟は「うん、うん！」とアピールするように鳴く。

「え、〝くぅ〟ちゃん、リクちゃんとなら行ってくれるの？」

アヤノさんも幼児に話しかけるように〝くぅ〟に尋ねた。返答は〝くぅ〟の尻尾を見れば、鳴かなくてもわかる。それは勢いよく、ブンブンと振られていた。

僕に顔を戻したアヤノさんは、

「いずみが寝込んでるでしょ。わたしや主人が代わりに連れ出そうとしたんだけど、なんか乗り気じゃなかったの」

眉をへの字にして苦笑いする。

「任せてください。ちょっと出てきます」

僕は〝くぅ〟にリードをつけると、制服姿のまま土手に向かった。


日は西の地平線に沈みかけていて、空と大地の間をオレンジ色と金色を混ぜたような薄明かりがやさしく照らす。〝くぅ〟はゆっくりと、自由気ままに歩いた。

かつては僕やいずみが持つリードをこれでもかというほど引っ張って、ぐいぐいと前に進もうとすることが多かったのに。年のせいなのか、体力が落ちただけでなく、温厚になったようだ。〝くぅ〟との散歩は、気が焦っていた僕にはちょうどよかった。少し外の空気を吸っていたい気分だったから。

「〝くぅ〟とも長い付き合いだよね」

前を行く彼は、振り返ることなく、尻尾を左右に振りながらテクテクと歩いていく。

〝くぅ〟が答えてくれるわけがないことは承知の上で、僕はなおも語り掛けた。

「出会ったのは、この辺の草むらだった？」

ちょうど差し掛かった土手の途中を眺める。

「あのときの〝くぅ〟の、血に染まった足、びっくりしたな」

陽気に揺れる尻尾はそんな過去など覚えちゃいないか。

「爪が割れてたんだよね。見た目じゃわからなかったけど、あれさ、よく我慢できたね。はっきり言ってめちゃくちゃ痛かったよ」

ゆったりと遠くの空へと流れていく雲と、穏やかな川のせせらぎ。涼やかなそよ風が肌を撫で、踏みしめる足裏から砂利の感触が伝わる。鼻腔をかすめる草の香りも心地いい。全身で自然を感じながら、自分が息をしていることを自覚した。

三十分ほど散歩して〝くぅ〟を帰したが、いずみの部屋の窓は、相変わらずカーテンで閉ざされて暗かった。

翌日も、いずみの姿は学校になかった。

こんなことなら、登校前に直接いずみの家に寄ればよかった。だって、児童公園を挟んで徒歩十秒。まさに目と鼻の先なんだから。それなのに、なんとなく気おくれしてしまった。昨日玄関まで行って顔を見ることさえできなかったのがショックだったんだと思う。今朝も同じだったらどうしようって。

一方で、心の片隅では楽観していたのかもしれない。

たった二日の欠席くらい、誰にでもあり得ることだし。今日になったらケロッとした顔で登校していて、またいままでのように、周囲から任された仕事も自分でやりたがっていることも、何もかも忙しなく、それでいて楽しそうにこなしていくんだろうって。

昼休みになってすぐと、放課後と、スマホから二度メッセージを送ったものの、やはり返事はなかった。

さすがに、県大会直前なのに二日続けて稽古を休むわけにもいかず、昨日のぶんまで多めに弓を引いた。道場の明かりを消すと、辺りは急に闇に包まれた。ひとり帰路を急ぎ、自転車を走らせる。見上げた空には少しだけ雲がかかっていた。

ふと、ポケットの中でスマホが震えていることに気づき、ブレーキをかけた。

画面を見ると、アヤノさんからだった。自宅の固定電話ではなく、アヤノさんのスマホから。しかも電話だ。いつもなら、連絡はたいていメッセージなのに。

どうしたんだろう。しかも、こんな時間に……。

僕はそわそわしながら通話ボタンを押し、電話に出た。

「もしもし？」

『リクちゃん、いま家？』

アヤノさんが囁くように聞いた。家族に聞こえないように話しているのだろうか。

「外です。ちょうど部活帰りで」

『そうだったの。間が悪くてごめんね』

「大丈夫です。……それより、どうしたんですか？」

アヤノさんの声音から察して、あまり良い知らせとは思えなかった。普段の、陽気で弾むような声とはずいぶん違う。

『いずみ、入院することになったの』

「え、なんで？　いつから？」

『まだはっきりとは決まってないけど、たぶん来週には』

「どういうことです？　ただの風邪とかじゃないんですか」

『うん、それがね、その……』

アヤノさんが声を詰まらせた。通話が切れたわけでないことは、受話器の先からかすかに聞こえる荒い息遣いからわかる。

「深刻なんですか」

口にした途端、胸の鼓動がバクバクと騒ぎ出した。

返事はない。

「アヤノさん。いずみは、何か深刻な状態なんですか」

僕はもう一度問い返した。アヤノさんを困らせないように、静かにゆっくりと。

するると彼女は、息を整えてから応答してくれた。

『まだわからないけど……これからそうなるかも』

病状を聞いたが、それは濁された。溢れそうになる感情を無理に押しとどめようとしているのか、唸りのような相槌だけが返ってくる。

ただ、それ以上に僕の心にグサリと突き刺さったのは……いずみは入院することになった事実を、僕に告げないでほしいとアヤノさんに頼んでいたことだった。

「本当に、いずみが？」

電話での会話にもかかわらず、僕は思わず前のめりになっていた。

『うん。すぐに退院するから、大丈夫って。リクちゃんに心配かけたくないみたい』

「なんでだよ」

僕は思わず、苛立ちを露わにしてしまった。


家に着くなりリビングに入った。

ちょうど食事のあとだったのだろう。テーブルの上には、僕の席にだけラップが掛けられた料理が並んでいた。通学カバンを床に下ろすと、テーブルの前に立ったまま両親を問い詰めた。

「ねえ、いずみが入院するって、聞いてる？」

きっとふたりなら知っているはずだ。彼らを通さずにアヤノさんが僕にだけ連絡を取ることなんて、これまでなかったから。

向かい合って食後のお茶を啜っていた両親が、おもむろに顔を見合わせた。父はともかく、母は感情の起伏がわかりやすいひとだ。ダダモレといってもいい。その瞳の揺らぎは明らかに動揺を示していた。

「なんで、入院なんて」

声が震えた。母が父に、縋るような視線を送る。僕は父を見つめた。

父は手にしていた湯呑《ゆのみ》を置いて、ふっと息を吐くと、僕へと向き直る。

「いずちゃんの入院のことは、ちょうどさっき、アヤノさんから聞いたよ」

「で、なんて？」

「リクが聞いたことと、同じだよ。詳しいことまでは……」

「ホント？　ホントに何も？」

僕は食らいつくように父を問い質《ただ》した。

「うん、病状はわからない」

父は僕をまっすぐ見つめた。いつも穏やかな父は、大きな声を出すことも感情を露わにすることもないが、逆に感情を隠したり嘘をついたりすることもなかった。

「リクの心配はわかるよ。ただ……少し待とう。いずちゃんや家族にだって、いろんな思いや事情があるはずだから」

そう言われてしまえばそれまでだ。柔らかな眼差しの父と、顔を曇らせる母。

「……」

僕は何も言い返せず、うなだれるしかなかった。

翌日、弓の調子は散々だった。

県大会直前にもかかわらず、矢は的を大きく外してばかりで。不調の原因こそ聞かれなかったものの、柊先生には部員のみんなから離れたところでこう諭された。

『試合のことはいいから、ちょっと弓を置いて休みなさい。的に向かうことは心と向き合うことと同じです。でも、いまはその心が想像以上にざわついているんでしょう。だったら……ちゃんと呼吸して、鎮まるのを待ったほうがいい』

先生にも父と同じことを告げられ、僕はやはり肩を落とした。

2

僕の部屋からは、隣の児童公園が見渡せる。

僕に残る一番古い記憶では、いつもいずみと一緒に遊んでいた場所だ。小さな敷地だし、どの遊具もいまでは乗れないサイズだけれど、あの頃はいろんな遊びができる、遊園地のような空間だった。

そしてその先に見えるいずみの家。かつてはよく、お互いの部屋の窓を開けて『ジェスチャーしりとり』という遊びをしていた。名前のとおり、声を出さずにジェスチャーだけで遠隔でしりとりをするのだ。

僕が猿の真似をして頭と顎に手を当てると、いずみは少し考えてから指を一本突き出し、ぐるぐると回してから徐々にスピードを緩め、止める。さ、る。る、る……ああ、ルーレットか。と、と、じゃあ、トラでいってみよう。

今度は僕がのっそのっそと歩くトラの動きを模す。それを見て、いずみはひらめいたようにからだをくねらせ、たまにジャンプした。え、え、え？　そこで僕は混乱し、しばし考えるものの一向に答えは出せず、ギブアップ。

そうなったら、あとで公園に集合して互いの意図を確認し合った。すると、トラのつもりだった僕の動きをいずみはトナカイと捉え、『い』だから『イルカ』を演じたのだという。

『えー、あんな動きの遅いトナカイ、いないでしょ』

僕がツッコむといずみは、

『サンタさんにおいしいものばかり食べさせてもらって、甘やかされてたんじゃない？』

ケラケラと声を立てて笑い、

『それにあのクネクネダンス！』

僕がウケていると、いずみはさらに歯を見せて手を叩いた。

勝敗を決めるしりとりではなく、どれだけラリーを続けられるかという以心伝心ゲームの趣があったのが、僕たちらしい遊び方だった。小学校にあがってからは自然とやらなくなったが、今頃になって僕は懐かしさを覚えた。

こんなにも近くにいるのに、顔を見ることも声を聞くこともできないなんて。

もちろん、これまでだって中学、高校と顔を合わせない日々が続くことはあった。それを不思議に思ったり、心配したりしたのは最初の頃だけだ。クラスが違ったことも大きいけれど、それ以上に、僕といずみでは生活のリズムが異なったから。

でも、いまは事情が違う。

この世界から彼女が消えてしまったかのような不安がつきまとう。


次の日、弓の稽古を終えて学校から帰ると、ポストに封筒が投函されていた。

宛名はシンプルに、『リクちゃんへ』。

住所は書かれていない。切手も貼られていなかった。封筒の口はしっかりと糊付けされている。裏返すと、左下に『いずみ』。それは見慣れた筆跡だった。

ふと振り返り、公園の向こうの家を見つめる。いずみの部屋は相変わらず、カーテンに閉ざされて暗い。

自室に入ると、ベッドに腰掛け、あらためて手にした封筒をまじまじと見つめた。

いずみから届いたそれは、なんだか不穏な空気をはらんでいた。

電話もできるしメッセージも送れるのに、あえて封筒を届けてきた。しかも……きっと、直接ここへ。いったい、どうして……。

心臓の鼓動が強くなるのを感じながら、引き出しにあったカッターを取り出すと、震えそうになる手で封を切った。中には――彼女の筆跡で記された手紙はなく、二枚の用紙だけが入っていた。

広げてみると、印字された説明書き。

それは診断書だった。

『為永いずみ様　保護者様』

冒頭には、そう記されている。

そして、タイトル――『診療方針の説明』。

現在考えられている病名、症状、これまでの経過について。

アルファベットの文字を含む長い病名に、僕は息を呑んだ。

最後の三文字だけはよく耳にする名前だったから、それが血液の難病であることはわかった。その下に、紙面の三分の一ほどの分量を使って、それまでの状況が書かれている。

目を疑ったのは、初めてその病名が診断された日付だ。それは昨日今日の話ではなく、一週間前でも一か月前でもなかった。なんと、二年以上も前。ちょうど、僕たちが高校に入学して間もない頃のことだった。

『リクちゃん、弓道やろう』

『え、なんで？』

『袴の女の子とか好きでしょ？』

『勝手にひとの性癖を断定しないでほしいな』

そんなたわいない会話をしていたあの頃。

陽光に透き通る若葉が、徐々に色濃く茂りだしたあの頃。

いずみが、学級委員になり、いろんな校内イベントの運営にも携わりだしたあの頃。

高校最初の定期テストに向けて、お互いに夜遅くまで部屋の明かりを灯していたあの頃。

その頃からすでに、彼女のからだに病名がついていたなんて。

血液は異常値を示していたものの、これまでの二年間は、ほとんど症状が認められなかったらしい。定期的に通院しての経過観察。

幼なじみだっていうのに、僕は彼女の変化にまったく気づくことができなかった。

思わず髪を掻きむしる。

書かれている経過を読むかぎり、騙しだまし送ってきた高校生活も、三年目に差し掛かって急に病状が悪化したようだった。いずみが重い弓を引けなくなったのも、そのせいだろう。『とらや』で見た、波打つ縞模様の爪だって。

『たぶん、忙しさで睡眠時間減ってたせいかも。ふつうはお肌とか髪に出るっていうけど、わたしの場合爪なのかな。そのうち戻ると思うからあんまり見ないでね。あ、そうそう！

そんなことよりも――』

　あのとき彼女は、努めて明るく振る舞い話題を逸らした。

　僕は、久しぶりに彼女とふたりで過ごす時間に舞い上がっていたのか、大切な合図を見過ごしたんだ。祝勝会といって僕をお好み焼き屋に誘ってくれたときだって、僕には想像もつかないような思いを抱えていたのかもしれない。

　どうしてもっと早く察してあげられなかったんだろう。

　悔やんでも悔やみきれず、唇を嚙む。

　だが、それ以上に僕の心を打ちのめしたのは、その先に記された言葉だ。

『極めて稀な疾患で』

『進行は速く』

『確実に命に関わる』

　それらの文字が揺らめきながらゆっくりと、まるで死神のように眼前に迫ってくるようだった。

　見たくないのに、目が離せない。はっきり告げられているのに、まるで信じられない。

　続けて二枚目までいっぱいに、今後取りうる様々な治療法、そしてリスク、副作用、奏効率、さらには……生存率が記されていた。

　いずみの命は、長くない。

　急に眩暈《めまい》がして、そのままベッドに倒れ込んだ。

激しい動悸がする。仰向けに眺めた天井がぼやけて見えた。

彼女はどんな気持ちでこれを届けたんだ。いや、初めて宣告を受けたとき、彼女はどれだけの衝撃を受けたんだ。それに、それに……この二年どれだけの恐怖を抱えてきたんだ……。

その日は、何も喉を通る気がしなかったので、食事もしなかった。

部屋のドア越しに母が心配そうに声を掛けてくれたが、ちょっと体調がすぐれないだけだと伝え、顔は見せなかった。生気を失った僕の顔を見たら、きっと母を驚かせてしまうだろうと思ったからだ。いずみから届いた封筒のことも伏せた。

制服から着替えもせずに横になったが、目は冴えるばかりだった。ドクンドクンと波打つ、自分のからだを流れる血液ばかりが気になって。相変わらず不安に囚われ、息は荒い。

深夜になると、学習机に置かれた時計の針の音がやけにうるさく聞こえた。目には見えない『時間』の足音が迫ってくる気がする。

そんな不穏な音をかき消すように、

いずみ……いずみ……いずみ、いずみ——。

気づけば心の中で繰り返し呟いていた。まるで彼女の名を口にし続けることだけが、僕を現実に据え置く唯一の方法であるかのように。

意識が朦朧とする中、夢を見た。

あれは、小学一年生の初冬。〝くぅ〟に出会うひと月ほど前のことだ。いずみとふたり、小学校から自宅方面に延びる通学路を歩いて帰る道すがら。どこからともなく、かすかに動物の鳴き声が耳に届いた――ような気がした。

いずちゃん、と声を掛けようとしたが、隣を歩いていたはずの彼女は十メートルほど後方で立ち止まり、空を横切って伸びていく飛行機雲を仰ぎ見ていた。邪魔をしては悪いと思い、僕はひとり、鳴き声の出処をつかもうと周囲を見回した。

すると、近くの工事現場から、再び声がする。今度は『ミャァ』と聞こえ、それが猫の鳴き声だとわかった。道路の舗装工事のため、一帯がコーンとバリケードで囲われている。その内側の地面に、鉄骨を埋め込んだような溝が見えた。当時の僕の、拳がひとつ収まるかどうかくらいの幅だ。もう一度辺りを窺うと、少し先に警備員が立っていた。幼かった僕は好奇心だけで動いていた。見つからないように腰を折り、頭を下げたままバリケードをくぐった。そしておもむろに溝の中を覗くと……、

『ミャァ』

あ、やっぱり。

フサフサの毛並みをした子猫が、僕を見つめながら不安げに鳴いた。溝は意外に深い。子猫からしたら薄暗い谷底へ落ちたような気分だっただろう。

でも、もう大丈夫。膝をついて四つん這いになると、片手でからだを支え、もう一方の腕を溝の中へ伸ばした。幸い子猫は、従順な様子で僕の手のひらに乗ってくれた。

そのままゆっくりと溝の中から救い出す。とてもちっちゃくて軽い存在ながら、その体温と鼓動ははっきりと伝わった。静かに立ち上がって、子猫を胸に抱き直す。

『リクちゃん、どうしたの!?』

そこへいずみが駆け寄ってきた。

『工事中のとこには近づいちゃいけませんって、先生、言ってたよ』

彼女とはバリケードを挟んで二メートルほどの距離があった。

僕は答える代わりに腕の中の子猫を見せた。途端に、いずみが『わあー』と声を上げる。

『かわいいー!』

彼女の顔が綻んだ。

『すき間にはまってた』

『リクちゃん、この子のこと、助けてあげたの?』

たぶんそのときの僕は、誇らしげに胸を張って鼻を膨らましていたに違いない。

そのときだ。

『あっ』

子猫は僕の腕の中から飛び出し、ぴょんぴょんと駆けて行ってしまった。その行方を目で追うと、工事現場とは反対側の通学路に沿って続く草むらから、一匹の猫がこちらを見つめていた。子猫と同じ柄をしている。きっと親猫だろう。子猫が親猫に飛びつくと、親猫はからだを翻して草むらの中に消えていく。子猫もちょこちょこと後を追った。

もうはぐれないでね。と、毛玉のような背中に呼びかける。

それから僕は、いずみを見て、鼻をこすりながら『へへへ』と笑った。

彼女もそれに応じるように、ニカッと白い歯を見せた——が、次の瞬間。

いずみは僕の背後に視線を移し、目を丸くした。それはかつてないほど大きく見開かれ、驚愕していた。

僕もつられて振り返る。いつの間にか、数メートル先に黒々とした鉄の壁が迫っていた。迷いなく押し寄せるそれは、巨大なダンプトラックの荷台だった。

このままじゃ轢かれる……！　わかっているのに足がすくんで動けない。まるで下半身をコンクリートで固められたようだった。運転手はきっと、僕に気づいていない。ダンプトラックで塞がれた視界には作業員も警備員も見えなかった。このまま死ぬのかな。恐怖で声さえ出ない中、全身から血の気が引いていくのだけはわかった——。


呻《うめ》きとともに意識が戻った。

ベッドからからだを起こし、額の汗を拭う。

まだ薄暗いものの、天井の高さや部屋の奥行きが認識できるくらいには辺りが白い。

「痛て」

頭全体を鈍い痛みが襲った。吐き気もあった。全身が鉛のように重く、肺には泥でも溜まっているのではないかとさえ思える。

直前に見たフラッシュバックは、かつて経験した記憶、そのものだった。

足を引きずりながら窓辺へと近づき、何の気なしにカーテンを開く。

すると、そのときちょうど、公園脇から市街へと続く道に抜けていく、一台の自転車が目に入った。それには制服姿の女子高生が乗っている。

後ろ姿だったのではっきりとはわからなかったけれど——

いまの、いずみじゃないか？

思わず息を呑んだ。全身に鳥肌が立った。僕は居ても立ってもいられず、慌てて部屋を出て階段を下りた。両親ともまだ寝ているようで、一階はしんとしている。

屋根付きのガレージに停めてあった自転車のサドルにまたがり、ペダルを踏んだ。

頭痛も続いていて全身が怠かったものの、夏の朝特有の瑞々しい空気を吸い込んでなんとか力を振り絞った。ほとんど眠れなかったせいかすぐに息切れしてしまったが、のろのろとでも前に進む。

ようやく高校の正門が見えた。下着もワイシャツも、背中にべっとりと張りついている。

いつもの場所に自転車を停めて、弓道場へ向かう。

その頃になると、まばゆい朝日が弓道場の奥まで差し込んでいた。道場のシャッターは既に上がっている。校舎ではなくて、きっとここにいるだろうと踏んだ僕の直感は正しかった。

道場の中央にはひとり——弓を構えたいずみが立っていた。

黒袴を穿き、その下には真っ白な足袋が見える。彼女はじっと的を見つめていた。

邪魔をしちゃ駄目だ。自転車を降りたばかりで乱れていた息を必死で押し殺す。

彼女の弓に、弦は張られていなかった。

僕は矢取道をゆっくりと、道場に向かって歩きだす。いずみは僕に気づいていない。

それにしても、光に映えた道着がまぶしい。道場に立つ彼女は凛としていた。

僕はその立ち姿をじっと見つめる。

いずみは矢をつがえないまま、ゆったりと弓を打ち起こす。肘につられて、透き通るように白い腕が上がった。弓を引き分け、左腕が的に向かってまっすぐに伸びる。

そして、本当に矢を放つように、ぱっと両腕を伸ばし、全身で大の字を描いた。

「よーし！」

僕は思わず叫んだ。的中したときの掛け声だ。その残響が夏の空に抜けていく。

彼女が目を見開いて振り返った。

「どうしたの!?　リクちゃん」

「部屋からちょうど、いずみが見えたと思って」

我ながらなんだかよくわからない言い訳だ。見えたと思って慌てて学校までついてくるなんて。しかも、平静を装っていたものの、きっとひどい顔をしていたはず。鏡も見ずに家を飛び出したことをいまさらながら悔やむ。僕はゴシゴシと顔をこすりながら道場に入った。

久しぶりに見たいずみの顔つきは、これまでとそれほど変わりなかった。今日の彼女はポニーテールだった。

「ずっと心配してた」

僕が零《こぼ》すと、いずみは目元を拭った。

「ごめんね」

その声は上ずっている。

「謝んなくていいよ」

そうだ、僕のほうこそ気づいてあげられなかったんだから。

「ありがと」

いずみがはにかむ。

日陰になっていた道場の壁際に、僕たちは並んで座った。床板のひんやりとした冷たさが、火照《ほて》ったからだを幾分か冷ましてくれた。外からは涼しげな空気に混じって、矢道の草の匂いが鼻に届いた。

「前にリクちゃん、言ってくれたでしょ」

正面を向いたまま、いずみが明るい声を出した。

「たまには気晴らしに弓引きなよって」

「たしかに」

「ただ、もう的に当てる自信はないから……できたら誰にも見られない時間に、道場にだけは立ちたいなって。ずっとそう思ってたんだ」

「だからって、こんな朝早く来なくても」

「だよね。でも、なんでかな。昨日の夜から、どうしてもここに来たい気持ちが抑えられなくなっちゃって。へへ」

　彼女は困った顔をして笑った。

「いずみって昔から、そういう衝動に駆られること多いよね」

　僕もなるべく同じトーンで返す。

「えー、そう？」

「そうだよ。コンビニで新発売になったスイーツとか、見つけたら絶対その場で買うでしょ」

「うん、まあ」

「幼稚園の頃だって、ハンバーグが食べたいって思ったら、絶対ハンバーグ！って駄々こねてたし」

「ヤダ、恥ずかしい。そのエピソード、もう時効でしょ。それに食べ物のことばかりで、なんかわたし、食い意地が張ってるみたい」

　楽しそうに笑う彼女の横顔を見て、昨夜からのしかかっていた心の重しが、わずかながら外れた気がする。

「日常の中の非日常空間みたいで、いいよね」

　僕の言葉にいずみも深く頷いた。

「ここだけ時間の流れが違うもの」

　できればずっと、こうしていたかった。いずみとふたり、まだ誰の姿も見えない明け方の弓道場で。

　でも……。

「ごめんね」

　明るく振る舞っていた彼女だったが、それも長くはもたなかった。彼女はうなだれたまま、ポニーテールにしていた髪を解いた。肩から滑り落ちた髪がその横顔を隠す。きっと、僕には見せたくないのだろう。

「だから、謝んなくていいよ」

「ううん。ごめん」

　いずみの声は震えていた。溢れそうになる気持ちを必死で堪えるように。

　ゆっくりと、途切れ途切れに間を置きながら、涙を堪えながら、彼女は話してくれた。

　高校入学直後に、体調不良で診察を受けたら、大病院を紹介され、いまの病気を診断されたこと。これまで大きな変化がなかったため、それとなく様子を見てきたものの、最近になって血液の数値も症状も、急に悪化していること。入院して治療が必要なこと。入院が数か月に及ぶかもしれないこと。その後もどうなるか、治療してみないと見通しが立たないこと。

　そのどれも、直接伝える勇気は出なかったという。

「封筒一通だけで、ごめんなさい」

　彼女は垂れていた頭をさらに下げた。

　こんなとき、なんて声を掛けたらよかったんだろう。彼女はひとりで恐怖に耐えてきたうえ、僕にいつどうやって打ち明けようかと悩みに悩んできたはずなのに。

　情けないことに、僕は動揺のせいで何も返せなかった。

　彼女には四度も謝らせてしまった。

　さっきはこのまま続いてほしいと願った時間が、今度はのしかかるように重く感じられた。

　いずみの表情は、やはり髪に隠れてわからない。

「いつから……入院するの」

　絞り出すように聞く。

「今度の、月曜日」

　その日まで、すぐだった。

「そんなに早く……」

「うん」

　急に鼻の奥がツンとした。油断したら涙が溢れそうだったから、鼻に力を込めてなんとかそれを我慢する。こんなところで泣くわけにはいかない。いずみが堪えているのに僕が先に泣くなんて。

「いずみ」

彼女の名を呼ぶ。

「ん？」

「入院する前に、いずみの好きなところに行って、好きなことをしよう」

「リクちゃん」

「やりたいこと、なんでも付き合うから」

なんでもっと早く切り出さなかったんだろう。僕は勇気の出せない駄目な自分を責めたくなる。

「いいの？」

でも、彼女の声にほんの少しでも生気が戻ったのを感じられたのは、唯一の救いだった。

3

いずみが入院する二日前の土曜日。

僕は彼女と出掛ける約束をした。道場で気の利いたひと言も掛けられなかったことへの償いと、一緒にいられる時間にリミットがあることを知った焦りからだろうか。僕にしては思い切った誘いだった。

　とはいえ、今回は大それたデートなんかじゃない。しばらく会えなくなるのなら、本当は電車やバスに乗って遠出したり、水族館や遊園地なんかに行ったりしてはどうかと思っていた。ただ、前もってアヤノさんにメッセージで相談すると、いまのいずみにはそれが大変なことなのだと知らされた。

【免疫力が低下してるから、人混みは避けてほしいな】

【もし急に体調が悪くなっても、すぐに駆け付けられるところなら】

　アヤノさんの返答からは、娘を心配する気持ちが痛いほど伝わってきた。たぶんいずみ自身も、けっして無理はできないと、自分のからだのことをわかっているのだろう。

　待ち合わせは児童公園になった。

　そう、お互いの家の玄関を出て十秒で着く。小さな頃は、それこそ毎日、日が暮れるまで遊んだ場所だ。なんでそこを待ち合わせに？　どちらかが相手の家を訪れてもいいのに。あえて朝の九時に児童公園で、って。でもそれは、いずみが望んだことだった。

　朝、ダイニングで父と母にいずみと出掛けることを告げると、ふたりとも細かいことは詮索せずに、『楽しんでおいで』と目を細めた。

　僕の今日の格好は、ジーパンにポロシャツ。オシャレに気を遣うタイプではないが、クローゼットにある同じような服の中では、一番清潔感のありそうなものを選んだ。

　待ち合わせ十分前。いつもならこの時間、すでに数組の家族が遊んでいてもおかしくなかったが、今日はちょうど僕だけだった。

児童公園のベンチで空を眺めていると、

「おはよう」

ふいに横から声を掛けられた。

振り向くと、いずみが立っていた。

彼女は腰にベルト、胸元にリボンのついた半袖のワンピースに身を包んでいた。

私服姿を見るのは久しぶりだ。制服姿のときには見たことのなかったハーフアップの髪型にもドキリとした。

「あれ、早くない？」

照れ隠しに問うと、彼女は「リクちゃんのほうが早いじゃん」と笑った。

「ねえ、今日の格好、どう？」

彼女がバレリーナのようにその場でくるりと回った。スカートの裾が舞い上がる。

「すごくいい」

僕が素直な感想を伝えると、いずみは赤面して、自分の頬に手を当てた。

「何？　照れてるの？」

「え、だって、リクちゃん、そんなストレートに褒めてくれること少ないでしょ」

「そうかな？」

「そうだよ」

「そんなことないでしょ」

「そんなことあるよー」

でも、考えてみれば、学校ではそうだったかもしれない。

小学校から高校まで、いずみはいつだってヒロインポジションで、みんなに注目されていた。僕が対照的なほど陰気だとは思っていないものの、目立ってはいないという自覚はある。彼女と釣り合うだけの何かを持ち合わせているわけじゃないので、やっぱり一緒にいるときには周囲の目を気にしたし、幼なじみだからというだけで一緒にいられるのだろうと羨む目には、とりわけ敏感だった。

だから、長年一緒に過ごしてきた場所にふたりでいることが、僕をいつもより大胆に……いや、たぶん、ずっと素直にさせたのだろう。

「この服、すごくかわいいでしょ。でも、なかなか着る機会なくて、今日初めて外で着るんだよ」

「髪もワンピースも似合ってる」

僕の言葉にまたしてもいずみは照れた。爪のネイルもかわいかったけれど、それは触れずにおいた。

彼女はどことなく、学校で顔を合わせるときよりリラックスしている気がする。

なんていうか、〝生徒会のいずみ〟ではない、〝幼なじみのいずみ〟だった。

「こうやってリクちゃんと休みの日に待ち合わせするのって、何気に初めてじゃない？」

言われてみればそうかもしれない。高校では機会も減ったが、お互いの家には平気で入っていったし、登下校のときにはばったり会うことが何度もあった。

「だからかな、ちょっと新鮮だね」

いずみはうれしそうに白い歯を見せた。

お互いの家から目と鼻の先でも、僕たちには『待ち合わせ』という行為そのものが楽しかった。

「で、まずはどこへ？」

出掛ける提案をしたのはこちらからだけど、実は、今日の予定はすべていずみが決めた。彼女が好きなところへ行って、好きなことをする。僕はただそれに付き合うだけだ。

「うん、行きたいところひとつ目は、すぐそこ」

いずみの指差した方向へ、一緒に歩き出した。

それもまた、最近では珍しいことだった。高校への通学はいつも自転車だったから、この住宅街を歩くこと自体、たまたま〝くぅ〟の散歩に付き合うときを除けば滅多にない。

彼女は空に向かって気持ちよさそうに伸びをした。柔らかな日差しで汗は出ないが、遠くの空には真っ白な雲が積み重なっている。まさに夏だった。

明日は弓道の県大会。今日は前日練習があったものの、それは休んだ。

僕が『どうしても外せない大切な用があって』と申し出ると、顧問の柊先生はあっさり『わかりました』と認めてくれた。

もちろん今日のいずみとの予定が終わったら、夜には道場に行って、少しは稽古をするつもりだ。熱心に打ち込むひとが聞けば、大会前日に何を言ってるんだ！という声もあるかもしれない。でも、いまの僕にとって何が大切なのか、そこは自分なりによく考えたうえで決断したつもりだった。

本当は、明日の大会も辞退しようかとさえ思っていた。

だが、それはいずみが承知しない。

『駄目だよ、絶対。ぜーったい出てよ。そうじゃなかったら絶交だから』

絶交なんて言葉、久しぶりに聞いた気がする。

小さかった頃に、遊び仲間で使うことはあった。たぶん、家庭で口にすることがない分、友達同士で言いたかっただけだ。言葉の重みまでは正直わかっていなかったと思う。それを高校三年にもなって告げられるとは。『絶交する』の反対は『仲直りする』だから、やっぱり僕たちの関係は親友というか、腐れ縁なんだろうな。

そんなことをぼんやりと考えているうちに、いずみが指差した先にある目的地に着いた。

住宅街の中を歩いて五分ほど。かつて僕たちが通った幼稚園に。

ご近所と呼べる距離にもかかわらず、訪れたのはずいぶん久しぶりだった。

それこそ昔は、そこも児童公園と同じようにとても広く感じていたのに、いまこうして門の外から眺めると、遊具のサイズも砂場の面積も階段の段差も、全部がスモールサイズだった。

定期的に塗り直しているのだろうか、園舎の白壁は僕たちが通っていた頃と変わりなく陽光に照らされ輝いている。開放的な天井の高い教室や、のびのびと走り回れる園庭、そして噴水とウッドデッキ。どれも当時の記憶のままだった。

「今日は入れないね」

土曜で休園しているのか、中にはひと気がない。僕が残念そうに言うと、いずみは明るい表情で頷いた。

「うん、いいの。リクちゃんとこうして眺められれば」

最初から敷地に入るつもりはなかったのだろう。僕たちは閉ざされた正門に並んで手をかけた。

「どうしてここに?」

僕の問いかけに、彼女が振り向く。

「だって、幸せな記憶が詰まってるから」

しっとりとした声音だった。

ただ、いずみも感傷に浸りかけた自分に気まずさを覚えたのか、続けて明るく言い放った。

「リクちゃん、泥団子作るのうまかったよねー」

「残念ながら、その後の人生でなんの役にも立ってないけどね」

「そんなことないよ。あれでひとつのことに集中できる力が身に付いたんじゃない? 周りの雑音も気にせずにマイペースでいられるとこだって」

「それ、褒めてる？」

「えー、褒めてるよ」

「いずみに言われても、なんか褒められてる気がしないな」

だって、君のほうがよっぽどすごいから。

「ひどーい。わたしはリクちゃんのいいとこ、誰よりたくさん知ってるのに」

僕のいいとこを、誰よりも。

膨れっ面をしながら言われたから、なんとなく流してしまったけれど。実のところそれは、どんな愛の言葉よりもうれしいひと言だった。

そのとき、

「あら、何か御用？」

門の内側から声が掛かった。

意識が会話に向いて気づかなかったが、いつの間にか女性がひとり立っていた。上下ともジャージに身を包み、首にはタオルを掛けている。胸元にはジョーロを抱えていた。

「こんにちは」

いずみが行儀正しく一礼した。僕もそれを真似て頭を下げる。

「わたしたち、ここの卒園生なんです。なんか懐かしくて立ち寄ってみました」

すると女性のほうが、興味深そうに門のそばまでやってきた。年は僕の母より一回り近く若そうだ。三十代前半くらいだろうか。背丈はいずみより頭ひとつぶんほど低かった。

「もしかして、いずちゃんとリクちゃん？」

女性から告げられた名前に、僕たちは驚きで顔を見合わせた。

「そうです！　けど、どうして？」

いずみが目を丸くしたまま聞き返す。

「あー、やっぱり。面影あるもの。でもふたり一緒だったから気づいたのかも」

「あ、もしかしてワカナ先生？」

「わー、覚えててくれたんだー」

今度は相手の女性が手を叩いて喜ぶ。ワカナ先生……その名を耳にしたことで、僕の記憶もよみがえった。

ワカナ先生が内側から開錠して門を開くと、いずみも彼女に駆け寄り、ふたりは僕の目の前で熱い抱擁を交わす。

「大きくなったね、いずちゃん」

「もう高三なんですよ」

「へえー、早いものね。ふたりは同じ高校？」

「はい。小、中、高とずっと一緒です」

いずみが僕を振り返り、「ねっ」と笑った。

「う、うん」

いきなり振られたせいか、微妙な返事をしてしまった。『ずっと一緒』なんて言ったらいつも一緒に行動していると思われないか?などと、余計なことを考えてしまったせいだ。

「リクちゃんのテンション、変わらないねー」

ワカナ先生がにっこりと笑って僕を見た。

どういう意味だろう——って、そんなの考えなくてもわかってるけど。

「そんなに褒めないでください」

「ううん、褒めてない、褒めてない」

わざとボケた僕に、先生といずみが顔の前で手を横に振る。そのタイミングと動きが完全にふたりそろっていて、まるでコントのようだった。

そのあと、ワカナ先生の計らいで、僕たちは職員室に招かれた。

応接ソファに並んで腰掛けると、冷たい麦茶まで出してくれた。窓辺には風鈴がぶら下がっていて、時折涼しげに、チリン、チリンと揺れた。窓の外には懐かしい遊具の数々が見渡せる。

「先生は今日もお仕事なんですか?」

いずみの問いかけに、先生は首を振った。

「ううん、ホントはお休みなんだけどね。雑草刈ったり、肥料あげたり、花の水やりもあってね。子どもたちがいる時間はなかなかできないでしょ。だから先生たちが持ち回りで出てるの。ま、ちょっとだけどね。このあと帰ったら、今度はうちのおチビちゃんと、大きな子の世話もしないと」

「お子さん、ふたりいらっしゃるんですか」

僕が聞くと、

「四歳児の女の子がひとりと、三十八歳児の男性がひとりね」

ワカナ先生はイタズラっぽい笑みを浮かべた。

「三十八歳児！」

いずみが愉快そうに手を叩く。

「なんか、懐かしすぎてタイムスリップしたみたい」

僕が呟くと、いずみも「ねえー」と感慨深いため息をついた。

「でもリクちゃん、いずちゃんがすぐにわたしに気づいてくれたとき、イマイチぴんと来てなかったよね」

ワカナ先生の図星を突いた指摘に、

「いや、それは……僕にとってはずっと昔の思い出のひとだったから、それが予想外にお変わりなくて戸惑ったんです」

と答えてみる。

「『お変わりなくて』って、あら、うれしい！　でもリクちゃん、いつの間に覚えたの？そんなさりげなく相手を喜ばせる言い方」

ワカナ先生が目をパチクリさせて、しきりに感心した。そんな大げさな、と思って聞き返す。

「先生の中の僕って、どんなイメージです？」

「黙々と泥団子を磨いてる少年？」

「なるほど……」

たしかに、幼稚園ではそれ以外の記憶がない。

「いずみはどんな子でした？」

僕の話を深掘りされても困るので、話題の矛先を変えてみた。

「いずちゃんはすごい子だったよねー」

先生がしみじみとした表情でいずみを見た。

「え？　わたしが？」

うろたえるいずみに、ワカナ先生はずっと忘れることがないという、当時のエピソードを語った。それは、僕の中にも鮮烈に残り続ける、割れた泥団子の一件だ。

「あのときのいずちゃん、すごかったな。リクちゃんを守って。リクちゃんのために泣いてたでしょ」

「えー？　そうでした？　わたしはあまり覚えてないな」

照れ隠しにとぼけているのか、その耳は少し赤らんでいた。

僕はいつでも再生できる。顔をくしゃくしゃに歪ませて、誰の目も憚らずに泣いていたいずみを。その目からはとめどなく涙が溢れ、鼻水まで混じって、ひどい顔だった。そして、そんないずみを見て号泣した僕。初めて彼女が、僕のために泣いてくれたあの日のことは、この先一生忘れないだろう。

「そんなふたりも、もう高三かー。いずちゃんとリクちゃん、この先の進路は？」

僕は反射的にいずみを見た。ワカナ先生は彼女の事情を知らない。二日後に入院が決まっていて、逆に退院のタイミングは未定だなんてことを。

「これから受験勉強です。行きたい大学のために」

いずみは僕を振り返らずに、はつらつと答えた。

「あら、そう！　いずちゃんは何を学びたいの？」

先生も無邪気な表情で前のめりになる。

「教育です。わたし、将来、小学校の先生になりたいんです。自分がこれまで感じてきた喜びややりがいとか、感謝の気持ちを、今度は小さな子どもたちにたくさん伝えたくて」

いずみの言葉を聞いた先生は、俯いて目尻を拭った。

「やっぱりいずちゃん、すごいなー。あの頃と全然変わってなくて。うれしくて涙が出てきちゃった」

「ええ、そんな」

困惑気味に頭を掻くいずみの傍らで、僕は何も言えなかった。

「泥団子の一件があったとき、わたしまだ新米で、オロオロしてて何もできなかったでしょ。だから、いずちゃんの行動、本当にすごいなって思って。あんなふうにわたしもならなきゃって頑張ってるの。まだ、いずちゃんレベルにはなれてないけどね」

「そんな持ち上げないでくださいよ」

先生は照れるいずみの手を取り、まっすぐ彼女を見つめた。

「いい子に育ってくれてありがとう」

「先生も、いい先生でいてくれて、ありがとうございます」

「フフフ、そんな持ち上げないで」

「わたしたち、褒め合ってません？　リクちゃんが呆れてますよ」

ふたりが僕を振り返る。僕はわざと、口をあんぐりと開いてみせた。

「やだー、ホントだー」

先生がのけぞって笑う。いずみもお腹をよじらせていた。

これだ。

そう思った。僕が過ごしてきた幼稚園での幸せな記憶は。先生と、友達と、笑い合ういずみを、そばで眺める幸福。十数年前と変わらない関係がそこにあった。

「写真、撮りません？」

僕が提案すると、先生は「いいわねー」と喜び、いずみも「うん！」と声を弾ませた。

「いずみのスマホ貸して」

「え、リクちゃん持ってきてないの？」

「そっちのほうが画質よさそうだし」

「そう？」

いずみがポシェットからスマホを取り出した。本当はどちらの画質も変わらなかったし、僕ので撮って、あとで彼女に送ってもよかったのだけれど。この思い出は、直接いずみのスマホに収めておきたかった。

「はい、じゃあ、いきますよ」

ティッシュボックスにスマホを立てて、タイマーで撮影した。

先生を挟んで、両側に僕といずみ。満面の笑みを浮かべるふたりと、しんみりするのを堪えてぎこちなく口角を上げる僕。何枚か撮ったが、僕はどれもうまく笑えなかった。

別れ際、正門の前で、ワカナ先生といずみは再びハグをし、僕は握手を交わした。

空は澄み渡り、日の光をいっぱいに受けたアスファルトが白く輝いている。さわさわと枝葉を揺らす風が気持ちよかった。

「ワカナ先生」

いずみが呼びかける。

「歩いて来られるところなのに、全然顔も見せないで、すみませんでした」

先生は、ふっと口元を緩ませた。

「成長とともに世界は広がっていくものだから、ルーツをたどるのは、たまでいいのよ。またいつか、夢を叶えたら一緒にお茶しましょ」

「はいっ！」

いずみは昔と同じように、先生に向かって元気よく返事した。

「じゃあ、また」

僕たちは手を振り合って別れた。

曲がり角まで来て先生の姿が見えなくなると、いずみは踵を返し、背筋をピンと伸ばして軽快に歩き始めた。

「入院のこと、話さなかったね」

「うん」

いずみは前を向いたままだ。

彼女は僕の問いなど聞こえないように、背伸びする。そして空に向かって叫んだ。

「いいの？」

「あー、すっきりしたー」

僕はあえてその言葉にツッコまなかった。狭い街だから、ひょっとしたら近い将来、本当のことがワカナ先生の耳にも入るかもしれない。でも、いずみがいずみの意志で自分の夢を語りたかったんだったら、先生だってわかってくれるだろう。

あるいは……。いずみは何も諦めていないし、病気のことなんて絶対に乗り越えてみせると思っているのかもしれない。だからあんなに生き生きと語れたんじゃないか。

いずれにしても、彼女がすっきりしたのなら、僕にはそれで十分だ。

いずみのリクエストで次に向かったのは、地域の図書館だった。

中学時代、ボランティア部で何度か訪れた場所だ。

「どうして図書館なの？」

「うちの高校にはない本を、ね」

いずみは、ある本を探しているらしい。

「ホントは小学校が開いてればよかったんだけど……休みじゃなくても勝手には入れないだろうし」

そう聞いて、いずみの探し物がなんなのか、ピンときた。

館内は相変わらず清潔感があって居心地がよかった。

自動ドアを入ってすぐのところにお知らせコーナーがあり、各種イベントの告知が掲示されていた。そしてその隣には、この図書館で行われてきたいろんな団体の活動紹介パネルが並ぶ。

その中に、中学のときに活動していたボランティア部のパネルもあった。

「まだ飾ってくれてたんだ」

いずみが自分の頬に両手を当てて目を見開いた。

パネルには、子どもたちを前に朗読する彼女の姿が写っていた。

慈しみの笑みを湛えた聖母のような表情だった。

「なんか、ここで拝んだらご利益ありそうだね」

僕が茶化すと、

「何それー」

と言いながらも、いずみはまんざらでもなさそうだ。そして、「じゃあ、拝んでおこうかな」と手を合わせた。

「わ、自分で自分に拝んでる！」

「えー、いいでしょ」

目を閉じた彼女の横で、「じゃあ、ご利益二倍になるように」と僕も手を合わせた。

お互い、願ったことは口にしなかった。

フロアには、たくさんのテーブルに木目調の本棚。そして棚を色とりどりの本たちが埋め尽くしている。かすかに届くインクの香りが心を静めてくれるようだった。

南側は全面ガラス張りになっていて、とても明るい。

ゆっくりと歩きながら向かった児童書コーナーには、以前と同じように靴を脱いでくつろげるスペースがあった。そこではたくさんのちびっ子たちが、自由な姿勢で絵本を広げていた。本の中の世界に入り込んでいるのか、食い入るように読み耽る子もいれば、時折ケラケラと声を立てて笑う子もいた。

「いずみちゃん？」

そのとき背後から声が掛かった。

振り返ると、黒縁眼鏡にエプロン姿の恰幅のいいおじさん――もとい、館長さんが立っていた。中学のボランティア部で朗読劇を開催したときに、彼女を絶賛した人物だ。

「あ、お久しぶりです！」

いずみも懐かしい顔に声を弾ませる。

「ども」

僕の名前は呼ばれなかったし、たぶんモブキャラ程度にしか認識されていないだろうと思いつつ、一応、一緒に会釈した。

「あれあれあれ、ホントにやっぱり奇跡のいずみちゃん？」

館長さんは僕には目もくれず、いずみとの再会に興奮していた。

「うわー、すごく久しぶり。元気してた？　なんか一段ときれいになってない？」

「あ、ありがとうございます」

いずみのほうは、急に高いテンションで距離を詰められ戸惑い気味だった。館長さんは三年前も同じノリだったので、たぶんこれが平常運転なんだろう。

「うわー、うれしいなあ。ねえねえ、入り口のパネル見てくれた？　あれ、僕が飾ったの。あの日の感動を毎日思い起こしたくてね。お客さんたちもよくあのパネルの前で足を止めてるよ」

「きょ、恐縮です」

まくしたてるように語りまくる館長に気圧《けお》されて、彼女は思わずのけ反っていた。

「で、今日は何？　どうしたの？　もしかして朗読しに？」

「い、いえ、ちょっと本を探しに」

「そうなの？　一緒に探そうか？」

「あ、大丈夫です」

「いずみちゃん、また朗読劇やってくれないかな。子どもたち絶対に喜ぶから」

子どもたちも喜ぶだろうけれど、誰より館長が喜ぶのは間違いない。

「今年は大学受験で難しいと思いますが、来年でしたら」

いずみが答えると、館長はますます興奮して喜びを爆発させた。

「ええ、ホント!?　大学生になったいずみちゃんの朗読劇！　約束ね、やったー！」

児童書コーナーにいる小さな子どもたちのキャッキャとした歓声はともかく、館内のその他のコーナーはどこも静かだ。さすがにここだけ浮きまくっているのが心配で周囲を見回すと、案の定、若い女性スタッフがツカツカとやってきて、

「ちょっと館長、静かにしてください、はしゃいでないで仕事してくださいね」

と迫ってきた。

「あ、はい！　すぐ戻ります！」

いずみにデレデレだった館長がピンと背筋を伸ばす。

「いっつもこうなの。ホントにごめんなさいね」

スタッフさんが僕たちには笑顔で応じてから、

「さ、行きますよ」

館長にはキッとときつい目を向け、カウンターのほうへと戻っていく。

「こわいねー、気をつけないとねー。いずみちゃん来年約束ね。じゃあ、またね」

まったく懲りていない様子の館長も、小声で手を振りながら笑顔で去っていった。

「館長って、あんなんだっけ」

「うん、そうだね」

僕たちは顔を見合わせた。お互い苦笑いを浮かべていた。

気を取り直し、児童書コーナーで目当ての本を探した。タイトルが五十音順に並んでいたので、見つけるまでにさほど時間はかからなかった。

「あった！」

いずみがうれしそうに、それを手に取る。

僕たちは会話のできるテラスのテーブルに並んで座った。

周りには年配の利用者が多く、高校生は僕たちだけだった。

いずみが探していたのは、僕が予想した通りの――絵本『泣いた赤鬼』だった。

小学六年のときに一緒に所属していた、図書クラブでの出来事を思い出す。

悪ノリしていた男子たちに向けて、いずみが言い放った言葉。

『後悔しないことなんて、ないよ。生きてれば。でも、もっとこうしておけばよかったっていう気持ちがあるから』

涙を流す彼女に、全員が口をつぐんだ。

いずみの中にも、あの日の記憶が強く残っているのだろうか。だから、この絵本を探しに来たのだろうか。

「六年ぶりかー」

彼女は贈られた誕生日プレゼントでも開けるように、愛おしそうに表紙を撫でた。

「なんでこの絵本を？」

「うーん、なんでだろう」

僕の問いに、彼女は顎に手を当ててしばらく考え込む。

「うまく説明できないかも。とりあえず、読も」

いずみは自分の椅子をからだごと僕のほうへずらすと、ちょうどふたりの間に絵本を広げた。結果的に、頬と頬が当たりそうな距離になった。

彼女の髪が僕の顔をかすめる。柔らかくていい香りだ。おかげで、いずみがゆったりとページをめくっているにもかかわらず、序盤の内容は全然頭に入ってこなかった。中盤からはなんとか平常心を取り戻し、物語に集中した。

最後の一ページを読み終えて、静かに絵本が閉じられる。

彼女はしばらく黙ったまま天井を仰ぎ、長く息を吐いた。

『……どうか、お願い』

図書クラブで、絞り出すように発したいずみの痛切な願いが、やはりいまも耳から離れない。僕がそのとき彼女に対して抱いた感情は、恋というレベルではなく、もっと深くて特別なものだった。

「さっきの質問」

いずみの声に意識を引き戻される。

テーブルに肘をついた彼女が覗き込むように僕を見ていた。

「うん」

だから距離近いって、とは言えなかった。読み始める前に僕が聞いた、『なんでこの絵本を?』という問いに答えようとしているのだろうか。

「リクちゃんは、この本読んで、どう思った?」

いや、違った。

「ちょっと待って。質問に質問で返すのは大人の世界ではルール違反だよ」

「残念ながらわたしたちはまだ十七歳だし、大人のルールには当てはまらないんだな」

いずみがいたずらっぽく笑った。学校では見せない顔だ。

たしかに、僕もいずみも早生まれだったから、十八歳の誕生日が来るのは卒業式の直前なんだけど。

「で、どうなの?」

彼女はあくまで僕の考えが聞きたいようだった。

相変わらず僕の顔を見つめてくるいずみとは目を合わせず、僕はテラスの外を眺めた。

周囲の木々が風に揺れる。

図書クラブで彼女は言った。

『赤鬼には自分勝手なところもあったし、人間は表面的なことしか見ていなかったかもしれない。青鬼のしたことだって、ホントはもっと違った方法があったんじゃないかなって』

　いずみはアカリちゃんという女子に暴言を吐いた男子たちの声さえも否定はしなかった。

『後悔しないことなんて、ないよ。生きてれば。でも、もっとこうしておけばよかったっていう気持ちがあるから』

　声を震わせながら訴える彼女の姿は、いまも瞼の裏に鮮明に焼き付いている。

『……だから、次は少しだけでも優しくなれるんじゃないかな。強くなれるんじゃないかな。わたしもそうなりたいよ。いがみ合いたくない』

「いずみは本当に優しいなって思う」

　あの日の場面を思い出しながら、僕は答えた。

「え、え、何？　リクちゃん、わたしの質問聞いてた？」

　本の感想を聞かれたのはわかっているけれど、この絵本にまつわる僕の思いはこれしかない。

「小六の図書クラブで、すごく感じた」

　彼女の心は慈しみに満ちている。泥団子のときも、〝くぅ〟を見つけたときも、そして図書クラブでも。いずみとずっと一緒にいて、僕は常に傍らでそれを感じてきた。

偉くなれても、優しくなるのは難しいだろう。正しいことができても、優しくできるとは限らない。

「なんかリクちゃん、変だよ」

いずみの顔を振り返ると、彼女は自分の腕に顔を埋めていた。その耳は赤く熱を帯びている。

「いろんな思いを巡らせてたら、最後の気持ちだけ言葉に出ちゃったかも」

口下手な自分がどうにも遣りきれない。

いずみは顔を起こすと、そんな僕に呟いた。

「ありがとう」

しっとりとした声音だった。

いきなりの『ありがとう』に戸惑う。どんな意味が込められているんだろう。聞こうにも聞きづらい。

「なんかいずみ、変だよ」

照れ隠しに返すと、彼女は「お互い様か。へへ」と笑った。

それから僕たちは、ファストフード店でランチを済ませ、次の目的地——いずみの最後のリクエストを叶えに向かった。そこは僕たちにとっての日常であり、何も特別な場所ではない。

よく映画や小説なんかで、ふたりで遠出して一泊したり、絶景を観に行ったりするシーンを見たことがある。もちろん、そういうことをしてみたいという願望が、ないわけじゃない。でも、僕はアヤノさんと約束したし、何よりいずみはそういうイベントを望んではいなかった。

彼女と僕がやって来たのは、高校の大講堂だ。

イギリスの高名な建築家がデザインしたという天井の高い講堂は、外観が東欧の教会のようにも見える。

校舎へと続くなだらかな坂には桜の木が並んでいて、春には見事なまでに満開となった。いまは豊かに青葉が茂っている。

弓道場からは矢が的を貫く音が聞こえた。体育館からはバスケットボール部の躍動感のある掛け声。バスケットシューズがキュッキュとリズムを刻む。グラウンドのほうからは金属バットがボールを打ち返す音が響き渡った。校舎の屋上からは吹奏楽部の奏でる楽器の音色が空へと高らかに広がっていく。

今日はさすがに弓道場には顔を出せない。

後ろめたさを感じつつも、僕はいずみを連れて講堂の裏口のドアを開ける。

「どうやって借りたの？」

いずみが驚いた顔で、僕が握っている鍵を見つめた。彼女は前もって今日行きたい場所を告げたときに、鍵の掛かっている大講堂はどうしようかと迷っていた。そのとき僕は

『大丈夫』とだけ答えていた。

「柊先生」

「先生が……？」

「うん。詳しいことは話さなかったけど、『いずみの願いなんです』って、冗談めかしてお願いしたら、何も言わずに貸してくれた」

「そうなんだ……」

いずみが目を伏せて、胸に手をやる。

「先生にはね……病気のこと、発症したときに話してあったの」

彼女は申し訳なさそうな顔をした。

きっと、先生には知らせておきながら、僕には伝えなかったことを気にしているのだろう。ただ、いずみのしたことは当然だと思う。彼女の身にはいつ何が起きてもおかしくないわけで、緊急時のためにも担任や顧問の先生には事情を知らせておくべきだ。僕に話しづらかった気持ちだって、痛いほどわかる。

「柊先生、さすがだな。あのひと一ミリも顔に出さないから、全然気づかなかった」

これ以上いずみを困らせないように、僕は努めて明るく振る舞った。

重厚な扉を閉めると、にぎやかに重なって聞こえていた外の音も、ずいぶんと小さくなる。静まり返った大講堂の中央まで進み、ふたり並んで壇上を眺めた。柔らかな陽光が床を照らしていた。

「どのあたりに座ればいいかな」

僕が聞くと、いずみが周囲を見回した。全校生徒八百名以上が収容できる場所に、僕らだけがいる。がらんとした建物はいつも以上に広く感じた。

「もうちょっと近くにしよ。あのへんがいいな」

彼女のあとをついていき、中央前寄りの長椅子に腰を下ろした。

いずみは満足そうに僕を見ると、すっと背筋を正し、そのまま正面のステージへと歩き出す。その凜とした後ろ姿を見つめながら思い出した。四月の生徒総会。彼女は文化委員長として、この講堂中の視線を一身に浴びた。いずみらしさが滲み出た、いいスピーチだった。いずみにはみんなを惹き付ける魅力がある。それをひしひしと感じた。そして本来なら、彼女は九月にある次の集会でも再び登壇する予定だった。そこで秋の文化祭のスローガンを発表することになっていたのだという。

『エネルギーを言葉に宿らせたものがスローガンなんだから』

と、当時は何か哲学じみた言い回しで力説された。

これまでの人生で、なんら学校行事というものに積極的に関わったことのない僕には、『そんなものかなあ』程度にしか感じられないのだが、それをあえて口には出さない。

彼女はさらに、

『あるかないかで、みんなの盛り上がり方とか一体感が大きく変わるんだから』

と意気込んでいた。

だからこそ、相当気落ちしたはずだ。心中を察すると不憫でならない。

いつまで続くのかわからない入院で、いまは卒業式さえも出られるのかわからないのだ。

いや、それどころか、その命がいったいいつまで持つのかだって。

普通なら、塞ぎ込んでしまってもおかしくないだろう。

それなのに、いずみは違った。

『あーあ、スローガンの発表、したかったよー』

入院前にやり残したことを聞いたとき、彼女はあっけらかんとそう答えたのだ。もっと私的な希望や欲望はないのだろうかと耳を疑った。ただ、そんな思いを口にするのは実に彼女らしいかもしれないとも思い直した。

『じゃあ、やろうよ』

僕は思わず提案していた。彼女はポカンとした顔で僕を見る。

『やろうよ、ふたりで』

もう一度呼びかけると、今度は大きな頷きが返ってきた――。


だから今日、彼女が入院前にしておきたいことの締めくくりとして、こうして大講堂にやってきたのだ。本当は九月の生徒総会で発表する予定だったスローガンを、いまここで言葉にする。聴衆はいない。

それでも、彼女にとっては意味があるはずだ。

ステージに立ったいずみが、

「ちょっと待っててね」

と告げて、ハーフアップにしていた髪を解いてポニーテールに束ね直す。それは彼女にとって、大切な場面で気合を入れるための儀式のようなものだった。

しばらくして、精悍な顔つきのいずみが胸を張る。

僕の最強の幼なじみが戻ってきた。

いずみは僕にとって、ヒロインというより、ヒーローみたいな存在だった。

幼稚園の頃、割れた泥団子を前にして、僕のために叫んでくれた。泣いてくれた。

傷ついて身寄りのなかった〝くぅ〟を救った。

小学校の図書クラブでは、なかなかわかり合うことのできなかった男子たちにまで思いを伝えた。

中学のとき、ボランティア部で最高の朗読劇を手掛けて子どもたちを喜ばせた。

いずみは世界を照らす太陽のような存在だ。

みんなを笑顔にさせる歌でもあり、ひとの心の強張りを和らげる花だった。

壇上の彼女が僕を見つめる。

それに僕は、深く頷き返す。

「わたしたちは、もうすぐそれぞれの道を歩み始めます」

マイクを手にしたいずみは、まるでそこに全校生徒がいるかのように、気持ちを込めて語り出した。

それぞれの道……。

君にはどんな道が待っているのだろう。まだ見ぬ道は拓けるのだろうか。

「辛いこと、苦しいことだってあるでしょう。でも、そんなとき、共に過ごした時間だけは思い出させてくれるでしょう。わたしたちが生きる本当の意味を。わたしたちにとって大切なものを」

いずみの声が、マイクを通して講堂中に響き渡る。僕はそれをひと言も聞き漏らさないよう、耳を澄ました。

「いま、この時間に制約はありません。この時間はわたしたちのものです。この時間だけはそれぞれの個性を際立たせて、誰もが主役になれて、誰かを笑顔にすることもできます。この時間だけは、永遠に色あせることがありません。だから……」

彼女は一拍置いて、

「今年の文化祭のスローガンは、『Only《オンリー》 Time《タイム》』にしました」

言葉に力を込めた。思いを込めた。

「この時間は誰にも平等ですが、一度逃したら取り戻せません。この時間だけは、けっして失われることがないように。いつか離れ離れになっても。いずれ変わりゆくことがあったとしても。この時間だけは、どうか、どうか、忘れないで」

それはまるで僕に投げかけられているようで、一瞬たりとも彼女から目が離せなかった。

しばらくの沈黙のあと、マイクを置いたいずみは、演台の前に出てきて頭を掻いた。

「ヤダ、なんかしんみりしちゃったね。これじゃ、卒業式の答辞みたい」

たまに僕の前でだけ見せる、茶目っ気のある砕けたしゃべり方だった。

「そんなことないよ。よかった」

僕は相変わらず、ひとに思いを伝えるのが下手だ。溢れそうなほど感じ入っているのに、素っ気ないひと言しか出てこないなんて。

「ホントはね、もっと元気いっぱいに、宣誓するように話そうと思ってたのに……リクちゃん見てたら泣きそうになっちゃった」

「泣いていいよ」

涙をこらえているのか、いずみは苦渋を浮かべて唇を噛んだ。

そして、「泣かないよ」と小さく笑う。

いつ戻れるかわからない高校生活。

入院前に彼女がしておきたかったこと。

一緒に過ごした幼稚園に行って、印象に残る絵本を開いて、出られなくなった生徒総会の心残りをここで晴らそうとする。

どれも劇的なことじゃない。思い出を紐解き、振り返るだけでなく、いずみは未来を見ている。これらは彼女のしたかったことでありながら、彼女には自分の欲なんて何もなくて。願うことはひとの幸せばかり。

　そうなんだ、僕の最強の幼なじみはそういう女の子だ。

「いずみに渡したいものがあるんだ」

　僕は席を立つと、彼女の立つステージに向かった。

「え、何？」

　本当は、何か買ってプレゼントでもしようかと考えたけれど。

「そのまま、そこにいて」

　心からひとの幸せを願う彼女には、ちょっと違うのかなと思い直した。

　ステージに続く階段を上ると、演台の内側を覗いた。実は、あらかじめここに用意していた。口下手な僕が考えた贈り物を。

　手にした黒の丸筒を持って、いずみと向かい合う。

「もしかして卒業証書？」

「まだ卒業には早いでしょ」

「だよね」

　と彼女が舌を出す。

「それに、卒業式は一緒に迎えよう」

「うん」

　いずみは視線を落として小さく頷いた。僕は筒の蓋を開け、中から賞状を取り出すと、丸まったそれを開いた。

「感謝状。為永いずみ殿」

ゆっくりと、彼女の名を読み上げた。

「『殿』って。リクちゃん、校長先生みたい」

僕はいたって真面目だったが、ツボにはまったのか、いずみは可笑《おか》しそうに目を細める。

「あなたはいつも正直で、純粋で、誠実で、どんなことにも情熱的に取り組んできました。そしてあなたには、自分のことよりもひとの心を思いやれる優しさがあります。みんながあなたの明るさに照らされて、幸せな気持ちになります」

「褒めすぎだよ」

僕の言葉に聞き入っていた彼女の頰は、紅潮していた。

「それはこの十八年、あなたを見てきた幼なじみである僕が保証します。あなたはみんなの太陽で、みんなの花でもあり、みんなに聴かせる歌でもあります」

心に思っていたことを、感謝状という名目に紛れ込ませて言葉にして届ける。

「リクちゃん」

彼女の喉が大きく動いた。まるで込み上げてくるものを飲み込むように。

「本当に……本当に、ありがとう」

しっとりとした声だった。

伝えようとは思っていなかった言葉が、思わず零れた。

「僕の世界は、ずっと君だった」

僕が世界中でもっとも誇らしく思う君と、こうして一緒にいられることこそ、僕の生きがいだから。

「だからこれからもずっと、いずみはいずみでいてほしい」

「リクちゃん……感謝状、ホントにそんなたくさんのこと、書いてあるの？」

彼女の声はかすかに震えていた。瞼は赤く膨らんでいる。

「まさか」

僕は手にしていた感謝状を見せた。いま読み上げた言葉は一文字も書いていない。その代わり、まっさらな白紙の中央に、ペンで、直筆のメッセージを書き入れていた。


【いずみ、がんばれ。

病気になんて負けるな】

目を潤ませた彼女を見て、鼻の奥がツンとした。

「リクちゃん、いつもわたしのこと、頑張り過ぎだって。そんなに頑張らなくていいよって言ってたのに」

口を開けば、一緒に何か熱いものが溢れ出しそうだったから、僕はただコクリと頷いた。

「今度は頑張ったほうがいいの？」

僕はもう一度、首を縦に振る。

「しょうがないな。リクちゃんからのお願いとあっては、守らないわけにはいかないよね。どんなにかかっても、卒業までには絶対戻ってくる」

いずみの両頬を涙が伝う。それを拭うことなく彼女は笑った。

絶対戻ってくる――その力強いひと言に喜びを抱きつつも……一方で、えも言われぬ不安を覚えていた。

ふたりして思い出をたどってきたのは、まるで脳裏をよぎる走馬灯のようでもあり、明るく未来を語ったことさえも、やがて訪れる終焉のフラグなんじゃないかって。

第3章

ギュンターディクディク

1

翌日、僕は県大会に出場した。

会場の市営弓道場は、周囲一帯を深く茂った緑に囲まれていた。

空は薄青色に澄み、風はない。

僕はひとり、道着に身を包み、的場を眺める。

いずみは応援に来たいと言っていたが、今朝から熱っぽく、アヤノさんからストップがかかった。ひょっとしたら、昨日の外出がまずかったのかと心配したが、むしろ昨日平熱だったことが珍しかったようだ。

【リクちゃんの雄姿、見たかったよー】

いずみからは、会場に着いてからスマホにメッセージが届いた。

【あんまり期待しないで】

練習不足は否めない。昨日はあれから夜、稽古に出たけれど、付け焼刃っていうのはこういうことを言うのだろうと自嘲したくなるくらい的を外した。

【心から応援してる】

【いずみのぶんまでは頑張れないよ】

そんなの、僕には荷が重い。

【いいよ、そんな。リクちゃんはリクちゃんのぶんだけ楽しんで】

【頑張って】ではなく【楽しんで】という言い回しに彼女の優しさを感じる。

出番は意外と早く回ってきた。

高校名と名前を呼ばれて、射場に向かう。

道場の中の薄暗さと外の眩しさが対照的で、目が慣れるまでの間、射位から見る芝とその先の的が、一枚の写真のように映った。

楽しんで――か。

僕が弓道を楽しいと感じるきっかけをくれたのは、まぎれもなくいずみだ。彼女がいてくれたから、僕は弓に打ち込めた。彼女と一緒に引くときほど高揚感に、そして幸福感に包まれることはない。

いずみのために引きたい、ではなくて、いずみと一緒に引きたかった。

いずみの呼吸を感じ取って、気持ちを合わせる。そういう瞬間が幸せだった。

矢をつがえると、大きく弓を掲げ、息を整えてから左拳を的へ向けた。

隣で共に引くいずみを想像する。

リクちゃんはリクちゃんのぶんだけ楽しんで、って……彼女はそう言ったけど、楽しむことならひとりじゃなくて、ふたりがいい。

無駄な力をすべて削ぐ。胸を開き、大きく、深く、体の芯から伸びる。

矢のシャフトが頰を撫でながら口角まで降りる。

聞きなじんだ、的を射貫く音が空に響き渡った。

弓を倒し、息を整える。

いずみ。また、一緒に引けるよね。

既定の本数を放って射場をあとにすると、道場の外から拍手が聞こえてきた。

柊先生だった。

「先生」

僕は深く一礼した。

「昨日は講堂の鍵、ありがとうございました」

「よい射でした。まったく緊張が見えませんでしたよ」

先生が感心したように言う。

「緊張するほど、自分に期待してなかったので」

ネガティブに聞こえてしまったかもしれないが、本心だ。

「ざわついていた心は、治まりましたか？」

いずみが入院すると聞いて弓の調子が絶不調に陥った。そのとき先生に諭された言葉を思い起こした。

「しばらく鎮まることはないかもしれません。でも、いずみに『頑張れ』って言った手前、僕がくよくよしてたら駄目ですから」

先生は何も言わずに目を細めた。

その日の夜、いずみにトロフィーと賞状の画像を送ると、

【おめでとう！！！　🎉♡】

と、すぐに返信があった。

僕は奇跡的に、個人成績で三位入賞を果たしていた。

【ありがとう。いずみの応援のおかげ】

テンションの高い文が作れず普通に返すと、【リクちゃん、すごーい！】【やるときはやる男！】【うれしー!!】と連投で戻ってきた。

この結果は、自分ではまぐれだと思っていてあまりピンときていない。でも、思いのほかいずみが喜んでくれたから、なんだかそのうちうれしくなってきた。

翌朝、いよいよ彼女は入院する。僕は高まってきた気持ちに乗せて、入院時の立ち会いを希望した。

すると、さっきはあんなにすぐに返事があったのに、今度はなかなか反応がない。

五分ほどしてようやく表示されたメッセージには、

【家族しかダメなんだって】

と書かれていた。

だったら、せめて家を出るときに顔だけでも見ておきたい、そう願ってもうひとつメッセージを送ってみた。

今度も、返信までにしばらく間があった。

ひょっとしたら、一文字書くのに何分も考え込んだり、書いては消したりを繰り返していたのかもしれない。

【気持ちだけでうれしい】

僕はそれに、【でも】と打ち始めて、誤って【でも】だけでそのまま送信してしまった。でも、会いたい。そう書こうとした。

今度はすぐに返事があった。

たぶん、僕が送った【でも】と入れ違いに届いたようだ。

【ひどい顔、見られたくないから】

ひどい顔だなんて思うものか、と感じたものの、言葉通りのことを気にしているわけではないのかもしれないと考え直した。


これは、いずみが入院したあとでアヤノさんから直接知らされたことだが——感染症対策のために、今後は家族さえも面会できないという。だったらせめて、メッセージのやりとりだけでも、と申し出ると、それも断られた。いずみは治療にあたって、僕たちが思っている以上に苦しい思いをするかもしれない。スマホを操作する気力が出ないかもしれないし、返事を送らなきゃと焦っては、それができない状態に気が滅入ってしまうかもしれないからと。だから、彼女が本当に調子のいいときだけ、家族とは院内の公衆電話を利用して会話する予定だという。

『いずみのことは、わたしからリクちゃんに伝えるから。そんなに心配しないで。リクちゃんの気持ち、あの子は痛いほどわかってる。でも、これからは、なかなか思うようにならないことも増えてくるかもしれない。そういう覚悟はしておいてほしいの』

そういう覚悟って……なんですか、とは聞けなかった。

アヤノさんの言葉に僕は怯んだ。

いや、とっくに覚悟を決めているアヤノさんに怯んだのかもしれない――。


翌朝、いずみの家の玄関脇には車が寄せられていた。

彼女のお父さん、ヒロキさんがトランクに荷物を積んでいるところだった。

僕はそれを、自室から眺めていた。約束通り、直接挨拶をするのはやめる。

ただ……せめて、玄関から車に乗り込む彼女の姿だけでも見ておきたかった。

すると、これまでずっと閉じていたいずみの部屋のカーテンが開かれた。

顔を見せたのはいずみだった。

いくら近いといっても、児童公園を挟んでいるため、はっきりとした表情まではわからない。でも、彼女が僕を見つめているのは間違いなかった。彼女は、ブラウスにカーディガンを羽織っていた。

玄関先では、ヒロキさんがちょうど車のトランクを閉めたところで、アヤノさんといずみを呼んでいる。まもなく出発のときだ。

声を掛けるには遠すぎて、ただ見つめ返すことしかできないのがもどかしい。

そんなとき、いずみが急に片腕をブラブラさせた。

ん？　いったいどうしたんだろう。

僕は目を凝らして彼女の動作を追った。その腕が持ち上がり、手先がくねくねと動く。

ああ、もしかして……。

古い記憶が蘇った。僕は両手を耳の上に立てて跳ねてみた。それを見たいずみが頭の上で大きく丸を作る。

これは小さい頃、お互いの部屋の窓を開けてやった『ジェスチャーしりとり』だ。

彼女はゾウを演じ、僕はウサギで答えた。次は、『ギ』から始まる動物。これが、昔は僕たちを大いに悩ませた。

『そんなの思いつかないよー！』

どちらかに『ギ』が回ってくると、必ずそこでゲームオーバーになっていた。

でも、ある日その問題を、いずみが解決した。

正確には彼女がヒロキさんに調べてもらったのだけれど。

いま、いずみは僕の演じたウサギに続いて、四足歩行で駆ける真似をしている。

このやりとり、何年ぶりだろう。懐かしさで胸がいっぱいになる。

今度は僕が頭の上で大きな丸を作ってから、両手を振り上げ、ガオーッと仁王立ちになった。いずみが手を叩いて喜んだ。紛れもない、いつものいずみだった。

彼女が演じたのは、『ギ』で始まる動物、小鹿に似た『ギュンターディクディク』。

そして僕は『クマ』で応えた。

『ギュンターディクディクっていう動物がいるんだって！』

初めて彼女がその存在を知った日、ものすごい勢いで僕に報告しに来た。

ヒロキさんにプリントアウトしてもらったという画像を手にして。まるでアメリカ大陸でも探し当てたように、いずみ史上最高のテンションだったように思う。

いずみにつられて僕も笑った。

彼女が背後を振り返る。アヤノさんに呼ばれたのだろう。時間だ。どれだけラリーを続けられるかという以心伝心ゲームはここで終わる。

小学校にあがってからは自然とやらなくなったこのゲームを、いずみが覚えていてくれた。それから『ギュンターディクディク』のことも。

僕はそれだけでうれしかった。

最後に、僕は自分の前で拳を握り、軽く二回下に下げた。

彼女も同じ動作で応えた。

中学のボランティア部でいずみから教わった手話だ。

元気？　元気だよ。

頑張って。頑張る。

僕の中に息づくものは、いずみに教えてもらったことばかりで。

僕の中の思い出のほとんどは、彼女と過ごしてきた時間だった。

車に乗り込んだいずみを、僕は部屋から見えなくなるまでじっと見送った。

2

夏休みに入ると、僕はいままでの遅れを取り戻すように、勉強漬けの日々に突入した。

県大会を最後に弓道部も引退した。秋以降、大きな実力模試が毎月行われる。

高校では午前中に補習授業もあったが、加えて僕は、午後から予備校の夏期講習にも参加していた。

これまであまり勉強してこなかったツケが、いま頃になって回ってきたようだ……と、単に自業自得なのだが、迎えた日々はなかなかハードだった。

夏休み前にあった担任との三者面談では、進路希望を聞かれたが、うまく答えられなかった。なんとなく、大学は行きたいと思っている。いや、行きたいというより、行っておいたほうがよいのだろうと、ぼんやり感じていただけだ。

いずみのように明確な目的なんてない。これまで彼女とは、幼稚園からずっと同じ道を歩んできた。高校受験のときには周囲が驚くくらい奇跡的な合格を果たしたが、さすがに大学受験で二度目の奇跡は通じそうにない。

それに、いずみは今後の見通しが立たない状況だ。大学受験はおろか、日常生活に復帰できるかどうかさえも。

じゃあなんでそんなときに受験勉強をしているのかと問われれば、それはたぶん、気を紛らわせたいからだ。ぼーっとしている時間が長ければ長いほど、先行きを悲観しそうになる。あえて過密なスケジュールに身を置くことで、目の前のことだけを見るようにしていた。

予備校の教室では、外の樹々から蟬のけたたましい鳴き声が聞こえた。

儚い命を嘆いているのか、与えられた時間を全力で生きようとしているのか、蟬にまで思いを馳せている自分にハッとし、気を引き締め直して黒板に向かった。


夕方、自宅に帰ると母がひとり、リビングのソファにいた。

「ただいま」

僕は参考書の入ったリュックを床に下ろすと、母の座る斜め前のソファに腰を落ち着けた。母は先ほどから、棒針を操って編み物をしている。

「あら、おかえり。どう？　勉強は捗《はかど》ってる？」

「頭パンクしそう」

腰を前にずらし、背をもたせかけた。

「慣れないことすると、また熱出ちゃうよ」

母が手元に目を落としたまま言った。

「またって？」

「ほら、中学のとき。あれ、なんだっけ？　修学旅行の実行委員？　いずちゃんが大変そうだからって、毎晩遅くまで手伝ってたじゃない」

「手伝ってたけど、その話、直接したっけ？」

「リクは何も言わないから、アヤノさんに聞いたの」

やっぱりそうか。

僕はいずみとのことを、あまり両親には話してこなかった。小学校の図書クラブのことも、中学のボランティア部のことも。

きっといずみは、一家の団らんでなんでも詳しく報告してきたんだろう。僕は別にそういう話を家族にしたくないわけではなかったものの、聞かれていないのにべらべらとしゃべるのが苦手だった。

「で、頑張り過ぎて、熱出して、修学旅行休んだでしょ」

「ああ、そんなこともあったね。……で、それ、何を編んでるの？」

僕は気まずさを覚えて話題を逸らした。

「これ？　セーター」

母は毛糸を器用に編み込んでいく。まだ始めて間もないのか、いまはハンカチ程度の大きさだった。

「夏なのに？」

さすがに季節感がおかしいのではないかと思い、聞き返す。

「隙間の時間でちょっとずつ編むつもりだから、冬に間に合うようにね」

あまりこれといった取り柄のない母だが、編み物と裁縫だけは得意だ。

なんでも中高と手芸部で腕を上げたらしい。

過去には手袋や靴下を編んでもらったし、幼稚園の頃はハンカチやズボンに自分の名前が刺繍されているのが小さな自慢だった。

「でも、その色、ちょっと着づらいな」

何しろ、白を基調にピンクを織り交ぜるような配色だったから。

「ん？　あら……ごめん、これはリクのじゃないの」

「え、そうなの？」

なんか、勝手に自分のために編んでくれていると早とちりして、色遣いに注文までつけてしまった。気まずさと恥ずかしさで耳が熱い。

「これは、いずちゃんの」

「いずみ……」

「早く退院できれば、ちょうど寒さが増してくる頃でしょ。からだ、労わってほしいから」

僕は母の顔をまじまじと見つめた。

母の視線は相変わらず手元にある。家族ぐるみの付き合いだったから、もちろんいずみと母も仲がいい。彼女は母のことを『モエさん』と呼んで、アヤノさんとともにふたりの母がいるように接していた。母もいずみには編み物や裁縫を教えていた。だからいずみの入院には心を痛めているだろうし、何かできないかと考えたのだろう。

「いずみ、すごく喜ぶと思う」

僕がしんみりした声を出したからか、母がここでようやく顔を上げた。

「これが編み上がったら、リクのも編むね」

「僕のはいいよ」

「ううん。受験勉強、冬も暖かくして頑張るのよ」

「うん、わかった」

会話はそこで終わった。

いつもそうだ。母と娘ならもっとたくさん語り合うのだろうけれど。

僕と母は似た者同士だ。あまり交友関係が広くなく、口下手で、思っていることをはっきりと口にするのが苦手なところなんかは特に。

でも、胸の奥には自分の思いがあるところも似ていると思う。

夕飯のあと、日も落ちて涼しくなると、〝くぅ〟を散歩に連れていった。

いずみが入院して以来、これは僕の日課になった。

「今週はわりと体調いいみたい」

彼女の家の玄関先で〝ぐぅ〟にリードをつけるとき、よくアヤノさんがいずみの容体を報告してくれた。治療の中身としては、定期的に投薬を行い、血液中の成分の変化をチェックしているのだという。

「食欲もあるみたいで、ホントはケーキも食べたい、ドーナツも食べたいって」

「入院中、そういうのは駄目なんですか」

「そう、決められたものだけ。退院してなんでも食べてよくなったら、デザートバイキングに行こうって約束までさせられたの。あんなに食い意地の張った子だったかな」

アヤノさんが可笑しそうに呟いた。

いまは家族でも面会ができない。いずみは病院内の公衆電話から、アヤノさんやヒロキさんに定期的に報告をしているらしい。アヤノさんたちもナースステーションに電話をすれば、いずみの状況を聞くことができるようだ。

それが彼女にとって、せめてもの安らぎになればいいなと思う。いずみは小さな頃からヒロキさんとアヤノさんが大好きだった。なんでも気軽に話せる友達のようで。いつもみんなで笑いあって。そんな彼女たちを眺めていられるだけで、僕は幸せだった。

だから……やっぱり、もどかしい。どうしてだ。どうして、いずみなんだ。

彼女の日常を返してほしい。いずみを早く、ヒロキさんとアヤノさんのもとへ帰してほしい。この願いは、いったい誰に伝えたらいいんだろう。

背中のほうはまだ夕日が残り、朱色と白の混ざったような空だったが、向かう先は地平線に近い辺りまで、紺色の幕が下りている。

昼間の暑さが嘘のように、涼しげな風が吹いた。

僕と〝くぅ〟は、ゆっくりとした足取りで土手を散歩した。

「早く戻ってきてほしいね、いずみ」

周囲にひと気がないことをいいことに、僕は〝くぅ〟に語り掛けた。

彼は振り向きもせず、自由気ままに散歩を楽しんでいる。

「ちょっとは寂しそうな顔をしたら？」

〝くぅ〟はいずみが入院してからも変わりないらしい。年老いて歩行スピードは遅くなっても、食欲だけは旺盛だという。

「食い意地ばっかり張って、そんなところは飼い主に似なくてていいんだよ」

意地悪く言ってみたが、やはり〝くぅ〟は意にも介さず、ただご機嫌に尻尾を振る。

「呑気だなぁ」

でも、こういう時間がとても貴重だった。

ほとんど毎日同じルーティーンを過ごしているうちに、時間は驚くほど早く過ぎ去っていった。いずみが入院してひと月半ほどが経過し、もうすぐ夏休みも終わる。

そんなときだ、祖母が亡くなったのは。

父の母親だったが、一緒に暮らしたことはない。

僕の街からは電車とバスを乗り継いで二時間ほどの盆地で、伯母の家族と暮らしていた。中学までは、毎年お盆と正月の二度ほど会いに行った。父と伯母はずいぶん年が離れているらしく、祖母はすでに高齢だった。どうも最近は、心臓がよくなかったようだ。

父は準備があるからと、ひとり先に車で向かい、翌日母と僕が電車とバスで現地に赴いた。母は喪服、僕は高校の制服だった。

行きの道中、電車でもバスでも、僕はほとんど黙っていた。母もそんな僕に話しかけてはこなかった。たしかにもともと口数は少ないほうだが、そのときは正直、ショックを引きずっていた。

いくら小さい頃にしか顔を合わせたことがなかったとはいえ、祖母の印象はわりと鮮明に残っている。

彼女は芯が強く、誰より明るいひとだった。畑仕事に精を出し、どの作業にも手を抜かない。一方で、採れた玉ねぎを我が子のように自慢して豪快に笑った。料理が上手で、祖母が作ったものならいつもは嫌いな野菜でさえもおいしいと感じた。

葬儀は、祖母の住んでいた町の葬祭センターで行われた。

大きくはない町で、外との往来も少ないのだろう。参列している顔ぶれのほとんどはご近所さんのようで、祖母と同じくらいの年齢のお年寄りも多かった。

読経に始まり、焼香、喪主である父の挨拶と続いていく。

座っている間、僕はどんな顔をしていただろう。

悲しみはもちろん感じていた。ただ、そのときは、身近なひとの死に触れ、別の感情を持ち始めていたのだと思う。

それは、恐怖だ。

ひとの葬式に出るのは、今回が二回目だった。

お坊さんが打つ木魚の音も、終始漂う香りも、正面に飾られた祖母の遺影も、出棺のときに運んだ棺の感触も、すべてがリアルに現実を突きつけてくる。

僕は初めて、いずみを失う恐怖を覚えた。

火葬後、僕たちは葬祭センターの中にある広間に移動し、そこで食事が振る舞われた。精進落としというものだ。

父は親族や祖母の関係者に挨拶して回り、母は様々な支度の裏方要員として給湯室に姿を消した。

僕はといえば、相変わらず気持ちの切り替えができず、食事には箸さえつける気にならなかった。隅っこでぼんやりと外を眺めるだけだ。

空は青く、広い。八月の終わりとはいえ、まだまだ残暑で日差しは強い。

広間は冷房が効いていたが、外はずいぶんと暑そうだ。窓の向こうには畑が広がり、そのさらに奥にお寺と墓地が見えた。中学までお墓参りに訪れていたお寺だ。

「リク」

どれくらい呆《ほう》けていただろうか。呼ばれて振り返ると、父がいた。

「ちょっと、外に出ない？」

「いいの？」

「もう、みんな好きにやってるし」

父が笑って背後を指差す。

葬儀の最中にはしんみりしていたお年寄りたちも、この頃には談笑し、祖母を偲んで思い出話に花を咲かせていた。歯を見せて笑うひともいた。ずいぶんアルコールも進んでいるようでご機嫌だ。雰囲気としては町内会の集まりに近かった。

ふたりで畑のあぜ道を進み、葬祭センターから見えていたお寺に向かう。

蝉の声に交じって、ガーガーとしゃがれた鳴き声がした。

少し先に見える山肌のあたりを振り向くと、ちょうど黒い小鳥が飛び出した。目を凝らすと、胸のあたりから腹や背にかけて白斑が散っている。ホシガラスだろうか。木の実を咥えていた。

この一帯は、盆地だけあって風がなく、外はずいぶんと暑かった。

「上着、置いてくればよかったな」

父は脱いだ喪服を肩に掛け、下に着ていたシャツは両腕とも、肘の上までまくっている。

石畳に陽光が照り返し、光がちりばめられるようにきらめいていた。

草と土が匂い立つ。

「リクがここに来たのは、いつ以来？」

「中二かな」

たしか中学三年のときには、受験生だからというのと、夏も冬もちょうど塾の講習会が続いていたから、父は僕に気を遣い、家に残ればいいと告げた。なんだかそれを機に、僕が高校生になってからも両親だけで訪れるようになっていたのだ。

でも、いまになって悔やむ。自分の都合を優先させて先祖の供養もしないなんて。

ふたりで本堂にお参りすると、手桶に汲んだ水を墓石にかけ、柔らかい雑巾で磨いた。そして柄杓で墓石に水かけをして清め、墓石の水鉢に水を張った。

「よし、ずいぶんきれいになった」

僕たちは線香をあげ、合掌した。ここに祖父も、曽祖父も眠る。四年も空けてすみませんでした、と心で謝り、供養した。

「これ、住職のご厚意」

手桶や雑巾を片付け終えたところで、父が僕に瓶のジュースを差し出した。

「あそこで飲もうか」

ちょうど近くにベンチがあった。背後の木々が覆うように茂っていたため、色濃く木陰ができていた。

ふたりで並んで座り、住職にいただいたオレンジジュースを飲む。辺りで自由に伸びる草の匂いが鼻腔に届いた。

「おばあちゃんてさ、すごく気丈なひとだったでしょ」

一息ついてから、父が祖母の話を始めた。

「よほどの雨でもないかぎり、毎日畑に向かって野菜の世話して。誰より働いて、自分の楽しみよりひとの笑顔を見たがるんだ。自分の母親ながら、すごいひとだったよ」

「なんか、いずみと似てるね」

父といずみの話なんてしたことがなかったのに、いまは無性に彼女の名を口にしたくなった。いずみも、紛れもなく心からひとの幸せを願える子だ。

「ああ、そうか。お袋、誰かと似てると思ったら、いずちゃんか」

父が納得したように手を打つ。

「でも、おばあちゃん……幼い頃はずいぶん病弱だったんでしょ」

僕が呟くと、急に父の顔が強張った。

どうしてここで、このタイミングでそれを話したのか、うまく説明できない。

「ん？　何？」

父は狼狽しているのか、それを取り繕おうとしているのか、曖昧な返事をした。

「喘息がひどかったって。昼夜を問わず、ずっとゼーゼーヒューヒュー喘ぎ続けて、止まったと思ったら今度は激しく咳込んで」

これは、僕から初めて話すことだった。これまで何度も祖母を交えて食卓を囲んできたが、祖母からも、父や伯母からも、そういうエピソードは語られなかったし、僕から話を振ったこともない。

「でも、しばらくして奇跡が起こったんだよね」

瓶を持つ父の手が小刻みに震える。

「その頃は戦時中で。ちょうどひいおじいちゃんが、兵士として戦地に向かった翌日のことでしょ。ずっと苦しんでたおばあちゃんが、一晩のうちに回復したって」

いつの間にか蟬の声は止んでいた。

風もなく、時間が止まったようだった。

「それからおばあちゃんは、ずっと元気だったたって。奇跡が起きた日を境に、喘息は完全に治ったって」

父がじっと僕の顔を見つめる。僕の真意を読み取ろうとするように。

僕はそれに耐えられず、自分の視線を足元に落とした。

「その話、誰から聞いたの?」

父のほうも我慢できなかったのか、僕に尋ねた。問い詰める感じではなかった。いつものように穏やかな声だった。

「おじいちゃんから」

僕のひと言に、父は空を仰いで大きくため息をついた。

祖父は僕が中学二年のときに亡くなった。祖母とは気質が違い、おおらかだが自由人といった感じで、元気だった頃はよくお酒を飲んでいた。

「いま、奇跡、奇跡って話したけど――」

僕の声も震えそうになる。この会話を、まさか自分からすることになるなんて。

「奇跡じゃなくて、能力なんでしょ」

ついに、言葉にしてしまった。

「リクはおじいちゃんから、いつ聞いたの？」

「小六のとき」

「そんなに前に……」

また、長い吐息が聞こえた。

もう動揺を隠しきれないのだろう。父はベンチの背にもたれて目を閉じた。

祖父と祖母は、僕といずみのように、生まれたときからの幼なじみだった。

同じ村のご近所で、同じ月に生まれたのだという。祖父の父――つまりひいおじいちゃんは祖母のことも娘のようにかわいがっていたらしい。そうであれば、その子が喘息で悶え苦しむ様子は見るに耐えられなかっただろう。それに、自分の息子のことも不憫に感じていたはずだ。

『だからひいじいちゃんは、戦地に赴く前夜に、能力を使ったんだ』

小学六年の夏、祖父母の家に遊びに来ていたときのことだ。

夜、なかなか眠れずに縁側で涼んでいた僕の横に、音もなく祖父が並び、静かに語り始めた。僕に伝えようとしているのか、独り言なのか判断に迷ったのを覚えている。目は酔っているように見えなかったが、その息はずいぶんとお酒臭かった。

『ひとの痛みや病気を自分のからだに引き受ける力なんて、話したところでいったい誰が信じる？』

祖父の目尻の皺が深くなった。

願いながら触れるだけで、痛みも病も自分に移すことができる。

そして、その能力が発動したことは、周囲の人間はもちろん、痛みや病気を引き受けてもらった人間さえも知らない。引き受けられた痛みや病気とともに、その記憶さえも失われるからだという。

改変前の記憶が残るのは、代々能力を保持する男系家系のみなのだと――。

ひいおじいちゃんは、戦地に行く前夜に、祖母の喘息を引き受けたのだろう。

どうせ長くはない身だから――と考えたのかもしれないし、あるいは、能力を使ったことを息子に悟られたくなかったからかもしれない。

当時の僕は、祖父の告白を酔っぱらいの戯言《たわごと》としか思わなかった。

それはそうだ。そんな現実離れした話、いったいどこから信じればよいというのか。

「父さんは、おじいちゃんから聞いてたの？」

ただ、ずっと気になっていた。祖父はなんで僕に、あんな話をしたんだろう。

僕に話したのなら、父も聞いているのだろうか、と。

「うん……」

父が顔を歪ませた。何か辛い記憶を思い出すように。

「でもそれは、リクよりも後にね」

僕が聞いたのは小六の頃だ。

「ちょうどおじいちゃんが亡くなる直前。だから、リクが中学二年生だった年かな。お医者さんからはもう長くないかもって言われて、病床でうなされていたときだった」

まさか、そんなタイミングで告白されたとは。

「まったく信じていなかったけど……いまリクが話してくれたのと同じ話を聞いたよ。それにしても、あのひとは本当に勝手だな。一方的に話しておいて、『あんな忌まわしい能力、絶対使うな』って言うんだもん」

温和な父にしては珍しく、憤りが見えた。

あんな忌まわしい能力、絶対に使うな――。

祖父は父にそう言ったのか……。

僕には秘密を打ち明けて以降、その話題はおくびにも出さなかったのに。

「でも、リクはすでに使ったんだよね」

その声には、怯えや、諦め、憤慨といった様々な感情がない交ぜになっていた。

「うん」

父が祖父から絶対使わないように釘を刺された力を、僕はすでに発動していた。

もちろん、〝くぅ〟の足の負傷を引き受けたのは小学一年生の頃だから、祖父に話を聞くずっと前のことだ。でも、それってつまり、幼い僕は無意識のうちに力を行使したということだ。

「リクが中三のとき、熱で修学旅行を休んだの……あれ、い、いずちゃん、と代わ、って、あげ、たんでしょ？」

「うん」

改変前の記憶が残るのは、代々能力を保有する男系家系のみ――。

奇しくも、父の言葉が能力の存在を裏付けた。

たしかに、二度目は中学三年生のとき。そのときは自覚していた。

修学旅行前、いずみの高熱を引き受けることがどういうことなのかを。

僕はいずみにこそ修学旅行に行ってほしかった。

あれだけ一生懸命準備したのだから。みんながいずみを待ちわびていたのだから。そして誰より僕が、それを望んでいたのだから。

〝くぅ〟のときにはわからなかったが、いずみの高熱を自分に移したとき、初めて祖父の告げたことが本当なのだとわかった。いずみからも、僕たちが関わるすべてのひとからも、いずみが熱を出していた記憶は消えた。

時間は彼女が熱を出し始めた起点まで戻り、僕が熱を出し始めた時間からやり直された。やり直される以前の記憶は、僕と父だけが持っている。

いま見ているこの世界が僕の夢でもない限り、それが現実だった。

「それで……リクはこの先、どうするつもりなの？」

父の目には悲愴感が滲んでいた。

「そんなの、わかんないよ」

何を聞かれているのかはわかっていたものの……うまく言葉にはできなかった。

「ただ、僕は……」

そのとき、急にひとつの光景がよみがえった。

いずみの深刻な病態を知り、意識が朦朧とする中で見たフラッシュバック。

工事現場の溝にはまっていた子猫を救った直後、僕は鼻をこすりながら『へへへ』と笑った。彼女もそれに応じるように、ニカッと白い歯を見せた——が、次の瞬間。

なんの疑いもなく過ごしていた日常の中で、命の危機はふいにやってきた。

僕の背後に視線を移し、目を丸くしたいずみ。その表情は驚きに染まっていた。

つられて振り返った僕の前に、いつの間にか、本当にいつの間にか、黒々とした鉄の壁が迫っていた。迷いなく押し寄せるそれは、巨大なダンプトラックの荷台だった。このまま轢かれてしまうとわかっているのに、足がすくんで動けなかった。恐怖が僕のからだを縛った。このまま死ぬのかな。なぜかそんなことばかりが冷静に頭をよぎった。

そのときだ。

僕の背後からいずみが飛び出し、ダンプトラックの前に立ちはだかった。

仰天する僕を、身を挺して守るように、仁王立ちして両手を広げ、

『だめ――!!』

重く冷たいダンプトラックに向かって彼女は絶叫した。

耳をつんざくような悲鳴が響き渡り、黒々とした鉄の壁は赤い目を灯らせて動きを止めた。荷台はすでに、いずみの眼前、目と鼻の先だった。

その後のことを、実はあまりよく憶えていない。

たしか僕は、へなへなとその場にくずおれて、周りからいろんな大人が駆けつけてきた。

いま思い返せば、工事現場に立ち入るなんていう僕の行為は、とんでもなく愚かで未熟で軽率だった。それによって、いずみのことまで命の危機にさらしてしまったのだし……。

あのときの彼女はどんな表情をしていたのだろう。小さな背中が震えていたことだけが、いまだに僕の脳裏に焼き付いている。

いずみのしたことは、大人が聞けば無謀なことだと叱責するかもしれない。

でも、僕は彼女に救われたのだ。彼女は本気で、自分の命と引き換えにしようとした。

少なくとも僕にはそう思えた――。

「そんなことがあったのか」

父の瞳が小刻みに揺らぐ。もうずっと前のことなのに、僕の告白に動揺しているようだった。当時、工事現場に踏み入ったことは諭されたが、その先のことは話していなかったのだ。

「だから、」

僕は小さく呟いた。

「もしもこれから先、いずみに何かあったら……」

ひどく悲しげな目をする父を見て、途中で口をつぐむ。それ以上はっきりと言葉にしたら、父の表情が崩れそうだったから。

本当は、逆に聞いてみたかった。

父さんは、母さんがいずみのようになったとき、どうするの？と。

でも、やめておいた。そんな問いかけはあまりに酷だ。

3

夏休みがあっという間に終わったと思っていたら、テストの続いた九月まで過ぎ去っていった。

いずみはまだ入院している。アヤノさんからは、投薬と経過観察が続いていると聞いていた。血液の数値は、悪化はしていないものの、好転しているともいえない一進一退の状態らしい。アヤノさんの声からはもどかしさが滲んだ。

そんな中、十月には文化祭が開かれた。

スローガンは、『Only Time』。いずみの強い思いが込められている。

ただ、先月の生徒総会でいずみの代わりにスローガンを発表したのは、生徒会長の伊勢だった。彼は発表時に、『体調不良でお休み中の為永さんに代わり』と、草案がいずみだということには触れていた。

いずみと家族の意向で、彼女の病状はまだ、全校生徒には説明されていない。

体調不良が長引いているとだけ告げられていた。

だから時折、やれ妊娠しただの、自殺未遂しただの、夜逃げしただのと、根も葉もない醜悪な噂が流れてくることもあった。

スローガンの発表に際して、いずみは律義にも、自分の話す予定だった原稿を伊勢に委ねていたらしい。

それなのに、伊勢のスピーチは最悪だった。あいつの言葉は軽かった。

いずみが込めた思いを踏みにじるように、やたらと大袈裟に、舌先三寸で面白おかしく口にした。自分さえ目立てればそれでいい。あるいはノリだけで済まそうと思っているのだ。あれでは伊勢のひとり舞台と呼んでもいい。聞きながら思わず唇を噛んだ。

そういう伏線があったせいかもしれない。

僕はとんでもないことをしてしまった。


前夜祭では、グラウンドの真ん中にステージが設営された。

周りにたくさんの提灯《ちょうちん》がぶら下がり、日暮れと同時に音楽のステージが開催される。

ダンスに始まり、ロックバンドの出演あり、吹奏楽部によるクラシックありと、例年多彩な演奏で盛り上がる。

そんな音楽ステージの前に、恒例の『叫ぶ会』というイベントが行われた。

三年生たちが、受験勉強中に溜め込んだ鬱憤を爆発させるように、さまざまなメッセージを絶叫していく。ある者は社会に対する憤りを、ある者はクラスメイトへの感謝を、そして多くは秘めたる思いの告白――つまりは片想いをステージ上で一方的に打ち明けて、運が良ければ稀にその場で恋が成就するという――を。

僕はそのステージに特段の興味があったわけでなく、音楽ステージが始まる前には帰宅しようと考えていた。

しかし、ちょうど駐輪場に向かおうとした矢先、伊勢が『叫ぶ会』のステージに登壇したのだ。彼が何を叫ぼうと僕には関係ないのだが……高校二年のときにいずみと相合傘をしていた彼への嫉妬心だったり今日のスローガンの発表の仕方だったりに、モヤモヤした気持ちを抱えていたせいもあって、足を止めたのだと思う。

伊勢はマイクの前で、なぜかニヤニヤしていた。

ステージ前の、いつも彼とつるんでいる男子たちが、「もったいぶるなー」「早くしゃべれー」と囃し立てる。

ブーイングを楽しむかのように十分に溜めてから、伊勢が叫んだ。

「××大学の推薦、いっただきましたー!!」

自慢げに両手を上げて、これ見よがしに胸を張る。

僕も含めて、まだこれから一般入試に向けて頑張ろうという三年生たちだって多いのに。

あいつはやっぱり自分のことばかりだった。

そこへギャラリーの男子たちから、

「もともといずみちゃんがもらう予定だった推薦だろー」

「おこぼれ、おこぼれー!」

とヤジが飛んだ。

真偽は定かじゃないが、そんな噂はクラスメイトや弓道部の後輩からも耳にしたことがある。

それはまだいい。許せなかったのはそのあとだ。

「おこぼれ上等! いっずみちゃーん、あんないい大学、推薦辞退してくれてありがとねー! おかげでこれから遊びまくれるぜー!」

伊勢は変顔をしながらその場で舞い踊った。

その様子を動画撮影して職員室にでも持っていけば、ひょっとしたら彼の言動が問題視されて推薦が取り消されることもあり得たのだろうか。

だが、そのときの僕から冷静な判断能力は失せていた。

全力でステージに駆け寄ると、壇上に跳び上がり、伊勢の胸倉をつかんだ。

「お、おい、お前、なんだよ！」

おちゃらけていた伊勢が目を吊り上げて僕の腕を振り解こうとする。

「お前こそなんなんだよ！　ふざけんな！」

かつて発したことのないほどの大声を出す。

伊勢が何か汚い言葉を叫び続けていたが、僕の耳にはもう届いていなかった。背中と頭が一気に熱を持ち、溜まった怒りが噴き出した。

「いずみの気持ち、考えたことあるのかよ!!」

伊勢に向かって絶叫した。

やつの手のひらが僕の頬を打つ。僕も伊勢のからだに拳を当てた。周囲からは僕たちを引きはがそうと複数の腕が伸びてきた。僕と伊勢はステージに体を擦りつけながら、言葉にならない叫びを交わした。

――そういえば、小学六年の冬。

もうすぐ卒業式を迎えようという頃、僕たちはタイムカプセルを埋めた。

『十二才の自分から、ハタチの自分へ』――そんなテーマで自分自身に手紙を書き、校庭に立つイチョウの木のそばに埋める。そしてそれを、成人する年の同窓会で掘り出そう。

クラスの誰かが発案したアイデアが学級会で正式に決まった。

学級活動の時間に、ひとり一枚ずつ便箋が配られた。

たくさん書きたきゃ何枚書いてもいいから、教卓からもっと持ってけー、と担任のケロサコ先生（大のカエル好きである先生に、僕たちが密かにつけていたあだ名だ）が声を張った。ただ、僕は手元に目を落としたまま、まったく鉛筆が進まなかったのを覚えている。


二十歳の自分、て……。

戸惑いしかなかった。そもそも当時の僕には、中学での夢さえなかった。勉強を頑張ろうとか、あんな部活動に打ち込みたいとか、何か没頭できる趣味があるわけでもなく。もし、いずみからボランティア部に誘われていなかったら、いったいどんな三年間を過ごしたことだろう。もし、修学旅行実行委員の仕事を手伝っていなかったら、他にどんな思い出が残っただろう。

そんな僕に、小六の時点で二十歳の自分を想像するのは困難だった。

白紙のままの便箋を眺めながらどうしたものかと思いあぐね、チラチラと周囲を窺う。みんなの姿勢が前傾になり、必死で鉛筆を走らせている様子を見て、僕は焦った。運動会で、ヨーイ、ドンの合図がひとりだけ聞こえずに、スタートラインに取り残されたみたいだった。

書きたいことがありすぎて時間内に書ききれなかった児童が多かったらしく、その日提出できなかった児童は翌日まで期限が延長された。

僕は白紙のままの便箋をランドセルにしまった。

みんなにはそんなにたくさん二十歳の自分に伝えたいことがあるのか、と衝撃を受けたまま帰り道を歩いていると、住宅街に差し掛かったところで後ろから声が掛かった。

『リクちゃーん』

振り返ると、いずみだった。

彼女は『ちょっと児童公園に寄っていかない？』と僕を誘った。

寄るも何も、お互いの家の目の前だ。ただ、いずみの少し大人びた物言いに、ただの雑談をしようというわけではなさそうな雰囲気は感じ取っていた。

ランドセルを下ろして公園のベンチに並んで腰掛けると、早速いずみが口を開いた。

『リクちゃん、ハタチの自分への手紙、もう出した？』

その話か、とげんなりした。

『ううん、まだ』

『え、そんなに書くことあった？』

僕に学級活動の時間だけでは書ききれないほどの熱い思いなんて、あるわけないのに。

いずみは素直に勘違いしていた。

『その逆。全然書けなくて持ち帰った』

『へえ、そっかあ……』

どんな反応をしていいのか戸惑ったようだ。

会話が途切れそうになったので、今度はこちらから聞き返す。

『いずみは？』

『わたしもまだ出してないよ』

『たくさん書きそうだもんね』

『何それ、どういう意味？』

彼女はそれを嫌みだと受け取ったのか、小さく頰を膨らませたが、

『いや、思い出も希望もたくさんありそうだから』

とフォローすると、『ううむ』と唸ってしおらしくなった。

そして、しっとりとした声で呟く。

『書き終わっては、いるの。提出はしてないけど』

『どうして？』

『だって……出しちゃったら、ハタチまで読めないんだよ』

『うん』

封筒に入れて、口を糊付けした上で提出する。それを、サビにも強くて密閉できる頑丈な缶に入れ、イチョウの木のそばに埋めることになっていた。

『だから、その前にリクちゃんに読んでほしくて』

僕はいずみを凝視する。

だから、の意味がわからなかった。

そもそもその手紙は自分自身に宛てたものだ。僕へのメッセージではないだろう。

これはいまだからこそ思うことなんだろうけど――タイムカプセルなんてものは、時間が経ったときに、あの頃はそんなこと考えてたんだ、と懐かしむためにあるんじゃないか。叶う夢、叶わない夢、いろいろだろうけど。

いや、叶わないことばかりかもしれない。でも、それをぐっと嚙みしめて前に進むための、未来の自分へのエールなんだろう。

もちろん……当時一文字も書けなかった僕に、あるいはいまだ将来を見通せない僕に、そんなことが言えた口かと罵られても、反論はできないが……。

『なんで？』

驚く僕に、彼女は『この先――』と言った。

『この先、何が起こるかわからないでしょ。わたしたちがハタチになるまでに、もしもイチョウの木がなくなったら？　学校がなくなったら？　何かの理由でタイムカプセルが掘り起こせなくなったら？　……わたしがもういなかったら？』

『そんなこと……』

『ないと思うけど、でも……リクちゃんには、知っておいてほしいの』

いずみにしては、珍しかった。どうしてそんな悪いことばかり考えるのだろう。いずみにはきっと、素敵な未来が待っているに決まっているじゃないか。周りにはいずみを慕う友達がいて、いずみを信頼する先生たちがいて、そんなみんなに彼女は笑顔で応えて、大きな夢を持って努力して、やりたかったことを成し遂げていくんだろう。

心からそう確信していたから、

『なんか、遺書みたい』

と、当時の僕は笑った――。


自室のベッドに横たわったまま、そんな思い出に耽っていた。

前夜祭の乱闘騒ぎのあと、そのまま職員室に連れていかれ、生徒指導を担う学年主任にこっぴどく叱られた。

そして言い渡されたのは、文化祭当日――つまり今日の、自宅謹慎。

ただ、これはだいぶ温情のある処分らしかった。どうやら一連の状況を動画に撮っていた生徒がいたようで、それを観た先生たちからも情状酌量の余地ありとみなされたのだ。伊勢のほうも、推薦取り消しにこそならなかったものの、ずいぶん絞られたと聞いている。

今回の処分は担任から両親にも連絡がいっていた。

でも、父は僕に何も聞かなかった。母からは「怪我してない？」とからだを労わられた。

おそらくは、僕が激高した理由も聞いているのだろう。高三の大事なときに謹慎処分なんて、両親には申し訳ない気持ちでいっぱいだった。

ただ、それ以上に、僕の気持ちをそっとしておいてくれたことに感謝している。

夕方、一階のリビングに下りていくと、今日もまた母がソファで編み物をしていた。以前はハンカチほどだったのが、ずいぶんと形になってきたようだ。まだ袖こそないものの、胸元の素敵な柄が認識できた。

「母さん」

僕は母の横に腰を下ろした。

「あら、お腹でも空いた？」

「ううん……ちょっと、お願いがあるんだけど」

「リクがわたしに？　珍しいじゃない」

たしかに。僕はこれまで、母や父を手伝うことが少なかったが、逆に何かをねだったり、要求したりすることもほとんどなかった。

「母さんと同じように、何かいずみに贈りたいと思うんだ」

「リクも編み物したいの？」

「いや、それはちょっと、ハードル高そうだから」

正直、一年あっても編み上げられる気がしない。

「ぬいぐるみとか、どうかな？　フェルトで作る、ちょっとしたもの。それなら僕にもできそうな気がする」

母とこんな会話、いままでしたことがなかったので、口にしているだけでこそばゆく感じた。

「うん、それ、いいんじゃない。で、なんのぬいぐるみにするの？」

「〝くぅ〟がいいかな？って」

「そうね、それならリクのぬいぐるみも一緒にあったほうがいいわね」

「ええ？　自分の？」

「そのほうがいずちゃんも喜ぶでしょ」

母は急に乗り気になったようで、

「フェルトと、糸と、ああ、あと綿も必要ね！　たぶん、全部あるわ。ちょっと待ってて」

と、楽しそうに自分の部屋へと探しに行った。

そういえば中学のとき、家庭科でハンカチに刺繍をする課題が出た。

あのときは、いったい何回指に針を刺したことだろう。絆創膏だらけの痛々しい指を心配した母に、課題の続きを手伝ってもらったことがある。そんな僕に裁縫なんてできるだろうかと、もちろんまだ、不安はある。

いや……でも、やるんだ。

夏休みの少し前から、彼女はずっと病院だ。

毎日何を思って過ごしているんだろう。

本当なら……文化祭を盛り上げて、大学の推薦入試を受けて、先生たちからいろんな仕事を任されて。そういう一つひとつに誠実に取り組んで。たまには僕の前で愚痴も零してみたり、おいしいものをいっぱい食べてストレス発散したりして。そうやって高校生活最後の一年を謳歌していたはずなのに。


僕のそんな悶々とした思いになんて、日常は振り向いてさえくれない。

高校では定期考査があり、校外模試があり、進路指導や補習もある。

毎日の課題をこなすことで精いっぱいだった。僕は地元の大学への進学に照準を合わせた。そこで何かがやりたいわけではない。ただ、いつもいずみの近くにいたかっただけだ。模試の個人成績表では、まだ合格判定はほど遠い。もっと勉強しないといけなかった。

机に向かう息抜きといえば、母から教わりつつ始めた裁縫くらいだ。

適した色のフェルトからパーツの型を切り出して、それを縫い合わせていく。一般的にはさほど難しくない作業のはずだが、器用でない僕にはなかなかの難題だった。ひと針縫うのに一分くらいかかっただろうか。

ただ、そういう時間があったからこそ、一日はあっという間に過ぎた。

十一月になると、日中もだいぶ肌寒い日が増えてきた。

高校の中庭も、木々の葉が徐々に暖色へと変化し、寂しくなっている。

学校帰り。

僕は一度自宅に戻ると、通学カバンを置いて、代わりにラッピングした袋を手にして、いずみの家に向かった。空は少しずつ暗くなっているところで、ポツリポツリと住宅街の明かりが灯り始めている。

チャイムを押すと、しばらくしてアヤノさんが玄関を開けた。

「あら、リクちゃん」

アヤノさんはウトウトしていたところだったのか、なんとなくぼんやりした表情をしていた。いつもならしっかりと束ねている髪も、今日は寝起きのように見える。

「あの、いずみにこれを」

僕は手にしていた袋を差し出した。するとアヤノさんは、中身について問う前に、僕の指に注目した。

「それ、どうしたの？　絆創膏だらけじゃない」

「ああ、これは……慣れないことをしてたんで」

「痛む？」

「いえ、全然。たいしたことないです」

いずみのことを思えば、なんてことのない痛みだ。

「これ、いずみに贈りたくて」

　僕は袋を開けて、中からふたつのぬいぐるみを取り出した。

　ひとつは僕。あまり似ているとは思えなかったけれど、二頭身にデフォルメしている。にっこり笑っているのがかわいらしいと、母の評判はよかった。

　そしてもうひとつは〝くぅ〟。こっちは保護したばかりのやんちゃだった姿。思いっきり土手を駆け回る様子を思い出して縫った。

「あらぁ、〝くぅ〟ちゃん。ちょっと、見てみて」

　アヤノさんが家の中に呼びかけると、背後から〝くぅ〟が現れた。

「くぅ、くぅ～」

〝くぅ〟は楽しくてもお腹が空いていても、いつも「くぅ」と鳴いた。このぬいぐるみ、似てるかな？　〝くぅ〟は、首を傾げている。

「ふたつとも、リクちゃんが自分で？」

　あまりうまくはない出来栄えに、自信を持って答えるのも憚られて、僕は頷きながら頭を掻いた。

「きっと、喜ぶわ……いずみ」

　アヤノさんは手にしたふたつのぬいぐるみを見つめた。ただ、その顔は喜びよりも悲愴感に染まっていた。

「アヤノさん？」

僕は思わず呼びかけた。アヤノさんが深く俯く。顔に髪が掛かり、表情が隠れた。そのすき間から、小さく嗚咽《おえつ》が漏れる。

「大丈夫ですか?」

僕が覗き込むと、急に彼女は顔を上げた。眉根を寄せ、目や鼻には皺を刻み、口を大きく開け、泣き腫らした赤子のようだった。軒先で泣きじゃくるわけにはいかないという幾ばくかの理性だけで、なんとか堪えているのだろう。いままでに、見たことのない顔だった。

「いずみ、ひょっとしたらもう……退院できないかも」

アヤノさんはなんとか絞り出すように声にした。

「そんなに悪いんですか?」

僕の問いに、彼女は力なく頭を垂れた。

よろけそうになるアヤノさんを支えてリビングまで送った。

そこにヒロキさんが帰ってきたので、事情を話してあとを任せた。ヒロキさんの顔色も冴えない。いずみのことで心労が溜まっているようだった。

自宅に戻ると、母が「アヤノさん、喜んでくれた?」と聞いてくる。

状況を説明する気力のなかった僕は、小さく頷いただけで、何も言わずにそのまま自室に籠った。そして、部屋の電気もつけず、ベッドに倒れ込んだ。

『ひょっとしたらもう……退院できないかも』

アヤノさんの言葉が頭の中でリフレインする。好転まではしなくても、なんとか現状維持で持ちこたえていたいずみの容体。予想外に悪化していることを告げられて、混乱していた。これまで、最悪な状況をなるべく考えないようにして日々を過ごしてきた。受験勉強に打ち込むことで、少しでも気を逸らしてきた。希望を胸に、ぬいぐるみを作った。それなのに……。

現実は、なんて残酷なんだろう。

なんでいずみなんだ。

目頭が熱くなる。

こみ上げてきた嗚咽を押し殺そうと、枕に顔を押し当てた。

——小学六年の冬。ふたり並んで腰掛けた、児童公園のベンチで。

タイムカプセルに入れる自分への手紙を、いずみは僕に読み聞かせてくれた。

『十二才の自分から、ハタチの自分へ』

ハタチのわたしへ

そちらの世界はどうですか。

街の景色は変わっていませんか。
ハタチのわたしは、元気ですか。
いまの世界よりも、もっとステキになっていますか。
わたしは元気です。ううん、元気なだけじゃありません。とっても幸せです。
パパ、ママ、くぅちゃん、クラスのみんなも、先生たちも、本当にありがとう。
そして、リクちゃん。いつもいっしょにいてくれてありがとう。
リクちゃんは、ただそばにいてくれるだけで安心できる不思議な存在です。
ハタチのわたしは、ちゃんとみんなに恩返ししていますか。
もしまだだったら、しっかりと恩返ししようね。
わたしは、みんなに少しでも笑顔でいてほしいです。
パパにも、ママにも、くぅちゃんにも。
リクちゃんにもモエさんにもカイトさんにも。
みんなが幸せになってほしいです。
だから、困っているひとには手を差しのべる。
悲しんでいるひとには寄りそえる。
そうやって恩返しできるひとになりたいです。
ハタチのわたしも、いまと同じ気持ちだったらうれしいな。

十二才のいずみより

夕暮れのベンチで、いずみは恥じらいながらもはっきりと、声に出して聞かせてくれた。そのときの情景がありありと思い浮かんだ。

僕はいずみにとって、不思議な存在なのか。その表現には当時も引っかかったのを覚えている。でも、一緒にいて安心できるんだったら、まあいいか、とも思った。

それにしても、どうしていずみはひとのことばかりなんだ。タイムカプセルっていうのは、自分の夢とか、自分の理想とか、そういうのを書いて閉じ込めておくものじゃないのか。それなのに君は、昔もいまも、いつだって自分のことよりひとのことを考えている。

ひとの幸せが自分の幸せだって。

『いま読んだこと、ちゃんと覚えておいてね』

読み上げた手紙を丁寧に畳みながら、いずみが言った。

『自分が書いたんだから、自分で覚えておけるでしょ？』

『もしものためだよ』

『もしも？』

『もしもわたしがここに書いてあることを忘れてそうだったら……リクちゃん、わたしに伝えてほしいの』

『忘れないよ、いずみなら』

『忘れなくてもね、もしもわたしの気持ちがみんなに届かなくなったら……』

『届かなくなったらって……どういうこと？』

『とにかく！　リクちゃんには証人になってほしいの』

『証人？　なんの？』

『わたしの、思いの』


もう過去のことだし、それに、僕にはよく理解できないやり取りだったから、記憶はあまり鮮明ではない。でもいずみは、僕にそんなようなことを告げた。

思いの証人――って、どういうことだろう。

幼い頃に抱いた願いや希望、決意は、ひょっとしたら時の移ろいとともに忘れゆくものかもしれないけれど、いずみはずっとそのままでありたいのか。

十五歳になっても、十八歳を迎えても、果たして自分がかつての気持ちを持ち続けているか、僕に見届けてほしいということなのか。

だからいずみは、入院前に思い出巡りのようなことを望んだのか。

瞼の裏には、いずみの明るい笑顔ばかりがよみがえった。

そのとき、部屋のドアがノックされた。

「リク、ちょっといい？」

父だった。僕は「うん」と答えようとしたが、暗い部屋でベッドにうつ伏せになっていたせいか、くぐもった唸りのような声が出てしまった。顔を向けると、そっとドアが開き、父が顔を見せる。

「入るよ」

今度はちゃんと、「うん」と返事ができた。

外から差し込むわずかな外灯の明かりのみで、部屋の中は薄暗い。

父は電気をつけずに僕の学習机の椅子に腰掛けた。

僕は上半身を起こし、壁にもたれて父と向かい合う。

「いずちゃんのこと、さっきヒロキさんとアヤノさんに聞いたよ」

父の顔の輪郭は認識できるが、表情はよくわからない。父から見た僕も同じようなものだろう。暗がりのままでよかった。いま、まじまじと見つめられるのは耐えられなかったから。

「面会もできないなんて、もどかしいよね」

僕を気遣ってか、父の声は静かで、いつも以上に温かかった。

僕は口を結んで頷く。

「いま、いずちゃん、懸命に闘ってるんだと思う」

もう数か月も顔を見ていないいずみの姿を想像する。病室のベッドで、制御できないからだと終わりの見えない苦しみに悶えているかもしれない。冬に向かって移ろう季節の中で、木々が徐々にその葉を落としていくように、彼女の命も少しずつ削がれているのかもしれない。

「リクは……」

優しげに聞こえていた父の声が、初めて揺れた。

「リクはもしかして、また、いずちゃんと代わってあげたいと思ってる？」

ご先祖様が眠る墓のあるお寺で、父とはすでに能力のことを話していたから、いずれその問いが投げかけられるかもしれないと覚悟はしていた。父が祖父から絶対使わないようにと釘を刺された力を、僕は過去に、すでに二度発動したことがある。

『それで……リクはこの先、どうするつもりなの？』

悲愴感が滲んでいた父の目を思い出す。

『そんなの、わかんないよ』

あのときはそう答えたが、いまはもう、同じ言葉さえ口にできない。

もしも……。そう、もしもの話だ。

もしも僕が力を使ったとしたら、いずみの容体とそれにまつわる彼女の痛みと記憶は、すべて僕が引き受けることになるのだろうか。

そして時間は巻き戻り、いずみや周囲の人間の記憶は補正されるのか。

どこまで戻るんだろう。

〝くぅ〟の痛みを引き受けたときは、一週間前まで戻った。

いずみの高熱を引き受けたときは、前日の深夜だった。

じゃあ、今度は？　いずみのからだに病が発症した時点か。あるいは彼女が本当の苦痛を感じ始めたときか。

改変前の記憶が残るのは、代々能力を保有する男系家系のみ。

つまり、僕と父だけ。

いずみは僕の力には気づかない。

僕が打ち明けなければ、彼女は病気に翻弄されることのない日常を送ることができる。

父はじっと、僕の返事を待ち続けているようだったが、僕はただ虚空を見つめた。

沈黙が闇に溶け始めた頃、父が別の問いかけをした。

「昔、ちっちゃかった頃。迷子になったの、覚えてる？」

「うん」

急に変わった話題に戸惑いを覚えつつも、そのときの記憶を頭の中でたどった。


——あれはたしか、いつかの夏祭りの夜のこと。

いずみの家族と一緒に、六人で神社に行った帰りだ。

あの日のいずみは、世の中にこんなおいしいものがあったんだと言わんばかりに、幸せそうにりんご飴を頬張っていた。一方の僕は、それまでずっと父か母に手を取られて歩いていたのに、射的で当てた景品のルービックキューブがうれしくて、両手でカチャカチャと色合わせに挑んでいた。

すると、すぐそばにいると思っていた両親もいずみたちも、いつの間にか別の家族と入れ替わっていて、僕は茫然とした。

人混みに紛れてはぐれてしまったのだ。

ひとの流れについていけばすぐに追いつくだろうと思っていたら、みんな少しずつばらばらの方向に散っていって、気づけば見知らぬ街の交差点にぽつんと立ちすくんでいた。

「あのときは焦ったな。隣にいたリクが、気づいたら消えてるんだもん」

父も同じ日のことを振り返った。

「みんなで必死になって捜したよ。土手も河原も、茂みの中も。でも、なかなか見つからなくてさ。もう、この世の終わりだと思った」

記憶が鮮明によみがえったのか、父は顔を歪めてため息をつく。

「あんなに不安になったのは、初めてだったな」

あの日、みんなとはぐれた僕は、ひと気のない路地に迷い込んだ。

そこへ突然、大きな影が現れた。

足がすくんで身動きが取れずにいると、一気にその影が迫ってきて――僕のからだを抱きしめた。

それは父だった。全身汗だくで、息を切らせた父だった。

あまりに強く抱きしめられたものだから、僕はびっくりして手にしていたルービックキューブを足元に落としてしまった。

あのとき父は、しゃくりあげて泣いていた。

世界から家族が消えたと錯覚して、絶望の淵に沈んでいた僕も、つられて泣いた——。

薄暗く静かな部屋の中で、父が呟いた。

「父さんは、リクを失いたくない。誰のことも失いたくないんだよ」

切実な声が、僕の胸に迫った。

第4章

君の知らない君と僕の物語

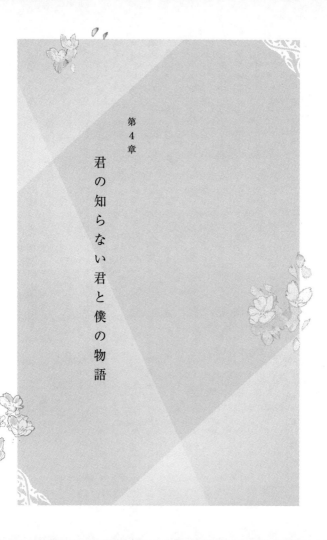

十二月を迎えた。

日差しは眩しくても、空気はひんやりと乾いている。

特に明け方と夜は、骨身に染みた。

受験を来月に控え、僕は予定通り、地元の私立大学に出願した。

クラスの雰囲気はまるで一体感がない。早々に進路を決めた連中は気楽そうにたわいもない話で笑顔を見せ、これからが本番の生徒たちはただ黙々と机に向かう。どちらも、みんなどことなく居心地の悪さを感じているようだった。

いずみだったら、こんなときどう過ごしていただろう。先生たちから卒業式の答辞でも頼まれ、その原稿に追われていただろうか。あるいは、何かクラスで思い出に残るイベントでも考えていただろうか。


休日の早朝、僕は久しぶりに弓道場へと向かった。

校内にはまだひと気がなく、ひっそりと静まり返っていた。

朝日が照らす道場のシャッターを開け、射位に向かう。

弦を張り、弓を構えた。

澄んだ空気を深く吸い込むと、からだが浄化されるようだった。

入院する前、いずみはここに立った。どんな思いを胸に抱いていたのだろうと、彼女の心の動きをなぞるように、僕も的を見据えた。

立ち姿を意識する。

静かに呼吸を整える。

弓の握りと弦の張りを確かめる。

草と土の匂いが届く。

ひんやりとした空気を感じる。

そうか……いずみもこうやって、自分の五感を研ぎ澄ませたかったのか。

的に向かうことは自分自身と語ることだ。

自分と向き合って、自分を見つめ直す。

射位に立ったまま、しばらく心を落ち着け、僕も、僕に語り掛けた。


自宅に戻ると、父と母はすでに着替えていた。

よそ行きというほどおしゃれをしているわけではないものの、高校の三者面談に向かうときと同じくらいには、ちゃんとした服装に身を包んでいる。

「リクは着替える？」

イヤリングを耳につけながら、母が聞いた。

「ううん、このままでいい」

僕は普段通り、ジーパンにパーカー姿だ。

いまから行く先は、高校ではない。いずみの家だ。

児童公園を挟んで目と鼻の先なのだから、こんなにかしこまって三人そろって向かう必要なんてないのに。そう思ったが、口にはしなかった。

今日、いずみが戻ってくる。

クリスマスも近いことだし、街の中心部はさぞかし賑わっていることだろう。夜になれば、幻想的なイルミネーションが街一帯を彩るに違いない。

そんな日に、いずみは自宅へと戻ってくる。

彼女から願い出たのか、アヤノさんやヒロキさんが希望したのか、それとも医者から勧められたのかはわからない。ただ、いずみの容体はかなり悪いようだった。

あと数日。

彼女の命の期限は、長く見込んでもそれくらいだろうと告げられていた。

施せる処置はすべて行ってきたのだろう。誰もが寿命からは逃れられないが、それでも運命というものはあまりに残酷じゃないか。

退院して、残りの時間はこれまでずっと暮らしてきた自宅で過ごす。

そのために、いずみは戻ってくる。

リビングから窓の外を見ると、ちょうど彼女の家の前にヒロキさんの運転する車が停車した。

それからしばらくして、僕たちはそろっていずみの家に行った。

チャイムを押すと、アヤノさんが顔を出した。

「今日はありがとう。さあ、どうぞ、入って」

僕は自分がどんな顔をしていたかわからないが、アヤノさんは明るく僕たちを招き入れてくれた。

「お邪魔しまーす」

母も同調するように陽気な声を出した。

母、僕、父の順に玄関で靴を脱ぐ。

ヒロキさんも笑顔で出迎えてくれた。

いつもならこのあたりにいるはずの〝くぅ〟は見当たらない。

どうしたのだろうと思いながらリビングに入ると……、
いずみがいた。

彼女はブラウスにカーディガンを羽織って、ソファに背をもたせかけていた。膝には薄手の毛布。髪はシュシュで緩くひとつに束ね、毛先は胸の前に垂らしていた。

服の上からでも、ずいぶんと痩せたのはすぐにわかった。それでも、顔色は悪くないように見える。うっすらと施した化粧のためだろう。

「ただいま」

彼女が顔をクシャッとさせてはにかむ。

カーテンを通して届く柔らかな光のせいか、その姿は儚くも神聖に見えた。

「おかえり」

明るい声を出そうと思ったのに、妙にしんみりしてしまった。

そんな僕をフォローするように、アヤノさんが声を掛けた。

「さあ、立ってないで。座って、座って」

僕はいずみの隣に腰を下ろした。

「じゃ、お邪魔します」

ぼそっといずみに挨拶すると、

「じゃ、お邪魔されます」

彼女はそう答えてから、何かがツボにはまったようで、クスクスと笑った。

座ってから気づいたが、毛布の掛かったいずみの足元に、ぴったりと〝くぅ〟が寄り添っていた。静かに目を閉じ、伏せている。

「いままでそんな素振り見せなかったのに。やっぱり恋しかったのね」

アヤノさんが目を細める。

〝くぅ〟もさぞかし寂しかったんだろう。いずみに保護されたときからずっと一緒に歩んできたんだ。もうずいぶん年をとったが、僕たちにとってはまだあの頃の子犬のままで、それはこれからも変わらない。

ヒロキさんがキッチンから、みんなのぶんのホットティーとケーキを運んできて、ローテーブルに並べてくれた。

「わあ、ショートケーキ！」

いずみが声を弾ませた。

「退院したら食べたいって言ってたでしょ。いずみのために、一番おいしそうなの探してきたんだよ」

ヒロキさんがうれしそうに言う。

「やったー！」

無邪気にはしゃぐ姿は、小さな頃のいずみ、そのままだった。

それから母がいずみに編み上がったセーターをプレゼントした。彼女はひどく喜び、カーディガンを脱ぐと、その場でセーターに袖を通した。

「あったかい」

袖口を頬に当て、目を閉じる。彼女の言う暖かさとは、体感だけじゃないだろう。きっと母が込めた思いも届いているはずだ。

いずみは、ソファの脇に置いてあった小さなフェルトのぬいぐるみを手に取ると、

「リクちゃんも、ありがと」

と、それらを掲げた。僕が贈った、僕と〝くぅ〟だった。

「病室で、いつも励ましてくれてたよ」

彼女が愛おしそうにぬいぐるみを抱きしめた。

足元の〝くぅ〟が顔を上げ、「くぅ～」と鳴いた。

「〝くぅ〟ちゃん、ありがとね」

いずみが頭を撫でると、〝くぅ〟も尻尾を振って応える。

いちゃんと、アヤノさんが届けてくれていた。彼女に会えなかった月日も、僕の思いがいずみに伝わっていた。


僕たちは、〝くぅ〟を保護したときの思い出に始まり、いろんな話をした。

いずみや僕のことだけじゃなく、ヒロキさんの失敗談だったり、アヤノさんと母とで行った『女ふたり旅』のことだったり、父の学生時代のエピソードだったり。

いずみはそれを、ニコニコと楽しそうに聞いていた。

彼女のショートケーキは、あまり減ってはいなかった。もう、からだがそういうものを受け付けないのかもしれない。

ひとしきり話してから、みんなで写真を撮った。撮ったというか、撮りまくった。ヒロキさん、アヤノさん、母、父、僕と、カメラマンを交代しながら撮っていると、

「わたし、撮られてばかりだよー」

そこにいずみも手を挙げた。

彼女は自分のスマホで自由にみんなを撮り始める。

気を抜いていたら、僕のぼけーっとした横顔も撮られていた。

「盗撮、よくないよ」

僕が冗談を言うと、

「リクちゃん、意外と横顔カッコいいかも」

　と彼女が画面を見せてきた。

「今頃気づいたの？」

「うん、気づくのに十八年もかかっちゃった」

　みんなで声を上げて笑った。

　いずみの家族と僕の家族が集まって、こんなに和気《わき》藹々《あいあい》と過ごすのは何年ぶりだろう。懐かしさとうれしさで胸がいっぱいになった。

　そのあと、いずみはこれまでに自分が撮った写真のコレクション、通称『いずフォト』を見せて、その時々に感じたことを語った。路地からこちらを見る猫や、土手に咲いた小さな花。空を眺めていたら奇跡的に撮れたという、まっすぐな虹――環水平アーク。コロコロと変わる〝くぅ〟の表情。そして、学校から帰る僕の後ろ姿。住宅街に差し掛かったところで、彼女が気づいて撮ったのだろう。

「また盗撮してるよ」

「後ろ姿の凛々しい男子がいたからね」

　いずみがまた、可笑しそうに笑った。

　冬にしては本当にいい陽気だった。

　ひとしきりしゃべってから、僕の両親は「そろそろお暇《いとま》します」と腰を上げた。さすがに退院したてのいずみも疲れているだろうと、気遣ってのことだ。

「リクはどうする？」

と母に聞かれ、

「もう少し残る」

と答えた。いずみは目を伏せて、口を結んでいる。

母がアヤノさんを振り向くと、アヤノさんは大きく頷いた。

母が靴を履き、父が続く。僕は玄関でふたりを見送った。

母がドアの外へ出て、玄関に残った父が、僕を振り返った。

その目はじっと、僕を見つめた。僕は目を逸らさずに、父を見つめ返す。

お互い無言で向き合った。時間にして、数秒のことだろう。

ただ、それが僕にはとても長く感じられた。

ふっと、父の口元が緩む。

「父さんたちにとっても、リクは大切な、自慢の子だよ」

そう告げて、父は玄関を出た。


いずみはアヤノさんに支えられながら、先に二階の自室へと戻った。

アヤノさんと入れ替わりに中へ入ると、彼女はベッドに横たわっていた。

胸のあたりまで毛布が掛かっている。枕の横に、フェルトのぬいぐるみが並んでいた。

僕と〝くぅ〟だ。

「ごめんね……ちょっとからだに力が入らなくて」

いずみが申し訳なさそうに謝った。

「こっちこそ……。今日は、帰ろうか？」

一階のリビングでは、みんなの手前、無理をして明るく振る舞っていたのかもしれない。彼女はいつだって、こうやって自分のことより周囲に気を回すんだ。

「ううん、ここにいて」

いずみはからだをこちらに向けると、眉根を寄せて、胸の前で両手を握る。

この部屋に入れてもらったのは、いつ以来だろう。たぶん、中学三年の、あの修学旅行実行委員の手伝いをしたときか。

窓の外には児童公園と、その先に僕の部屋が見える。彼女の部屋からはこんなふうに見えていたんだなと、あらためて思う。

僕はいずみの顔が見える位置に両膝をついた。ちょうど同じくらいの目線になる。

「リクちゃん、元気にやってた？」

彼女が尋ねた。

体調は悪いのだろうけど、その声はいつもの、自然ないずみに戻っていた。

「まああかな」

波乱といえば、伊勢と乱闘騒ぎを起こして、文化祭当日に謹慎を食らったくらいだ。でもそれは、黙っておくことにした。いずみが考えたスローガンの評判がよかったことだけ強調しておいた。

「あとは、予備校通って、受験勉強して。それくらい」

「高校三年生だもんね。受験勉強、もっとしたかったな」

なんで過去形で言ってるの？　とはツッコめなかった。彼女はそういうありふれた日常を送りたかったんだろう。たとえ大変なことがあっても、何かに向かって頑張っていたいって、思う子なんだろう。

それなのに、やりたいこともできずに横たわって、一日を不安とともに病室で過ごしてきたなんて。

僕はおもむろに手を伸ばすと、そっといずみの手に触れた。彼女は一瞬からだをびくつかせたが、その手を引くことはしなかった。触れた手に、僕はもう一方の手も伸ばす。そうして彼女の手を、自分の両手で包み込んだ。

どうしてこんなことができたのか、驚いてしまう。いまの僕は、緊張や不安よりも、いずみに寄り添っていたいという気持ちが勝っていた。

彼女の手はか弱く、その指は細く、冷えていた。

「リクちゃんの手、あったかい……」

いずみがしみじみと呟き、目を伏せる。

僕の手が温かいのは、君に触れたからだよ。

「ねえ、いずみ」

僕の手のひらが熱を帯びていく。

「いずみはこれから、何がしたい？」

「え？　これからって……」

その声に戸惑いが滲んだ。

「これからの人生で、やりたいこと」

「そんなこと聞かれても……」

彼女は心底困った表情を浮かべた。なんでそんな残酷な質問をするんだろうって、そう思ったかもしれない。

「じゃあ、明日やりたいことは？」

僕が問い直すと、

「ええっと……」

今度は少し考えてから、

「パパとママに、ちゃんと感謝を伝えたい」

いずみははっきりと、そう答えた。

「それと……クラスのみんなや先生たちに、手紙を書きたいな。ほら、わたし、急にいなくなっちゃったでしょ」

ああ、やっぱり君は変わっていない。

そうやって、自分のことよりひとの気持ちを大切にするところなんて、特に。

「もしも、体調がよくて……外に出られたら？」

「それは……やっぱり、リクちゃんや〝くぅ〟ちゃんと散歩したいな」

「そういえば、あの土手の途中の茂みに、お地蔵さんが立ってたんだよ」

「え、嘘!? どこどこ？」

僕の報告にいずみの声が弾む。

「ちょうど橋に差し掛かる手前辺りかな。たまたま〝くぅ〟が見つけたんだ」

「十年以上通ってたのに、なんで気づかなかったんだろうね」

「ホント、それ。不思議だよね。今度、『いずフォト』に収めようよ」

「うん、そうだね」

「ほかにもあるんじゃないかな、そういうの」

「うん、あるよね」

彼女の声に、力が宿った。

「わたし、病院で過ごしてみて、わかったんだ。病室の窓から見える景色って、最初はいつも同じだと思ってたけど……時間帯によっても天気によっても、全然違って見えるの。窓を打ち付ける雨音だって、聞いてると、なんかだんだんリズムがあるみたいで、面白かった。だから、外には出られなくても寂しくなかったよ」

愛おしそうな表情をする彼女の手を、優しく撫でた。

「いずみの手も、温かくなってきた」

「へへ……リクちゃんのおかげ」

「いずみって、おだて上手だよね」

「え？　わたしが？」

彼女が意外そうに眉を上げる。

「リクちゃんのおかげ、とかリクちゃんのほうがすごいよ、とか」

いままでいったい、何度聞いてきただろう。

――『ううん、まぐれなんかじゃないよ』

――『わたしはリクちゃんのいいとこ、誰よりたくさん知ってるのに』

――【リクちゃん、すごーい！】【やるときはやる男！】【うれしー!!】

言葉にするのは、簡単だけど難しいよ。

嘘に聞こえることもあれば、思いの十分の一さえ伝わらないことだってある。

ときには刃《やいば》にもなるし、もちろん温もりにもなる。

でも、いずみの言葉だけはいつだって正直で、純粋で、僕の背中を押してくれた。

「おだててなんかないよ、本心だもん」

また、そういうことをサラッと言うんだ、君は。

「だからね、」

今度は急に、しっとりとした声音――と思ったら、いずみが急にしゃくりあげた。

「リクちゃんのこと、ずっと見てたかったよ」

彼女の嗚咽は止まらない。

「リクちゃんにずっと、見ててほしかったよ」

――『わたしは、みんなに少しでも笑顔でいてほしいです。

パパにも、ママにも、くぅちゃんにも。

リクちゃんにもモエさんにもカイトさんにも。

みんなが幸せになってほしいです。

だから、困っているひとには手を差しのべる。

悲しんでいるひとには寄りそえる。

そうやって恩返しできるひとになりたいです。

ハタチのわたしも、いまと同じ気持ちだったらうれしいな。』


いずみは、タイムカプセルに入れた手紙のこと、まだ覚えているかな。

僕は君の、思いの証人なんだ。

「じゃあ、僕からも。もう一度だけ本心を言わせて」

握っていた両手のうち、左手を離し、それをいずみの頰に当てた。彼女の、いつもは白く透き通る首筋と耳が急に赤らむ。

以前、男子のクラスメイトたちが教室で恋バナに興じていたとき、話が発展して恋愛論を語り合うところを耳にしたことがある。

『相手に自分をよく見せたいって思うこと、あるでしょ？　それが恋なんだよ』

『まだまだ甘いねー。本当の自分をさらけ出せてこそ、愛なんだよ、愛』

みんなが得意げに持論を主張していた。それはとても楽しそうな光景だった。

もし、僕の感情に、そしていずみとの関係に名前を付けるなら、それをなんと呼んだらいいんだろう。

考えても、ぴったりの言葉はみつからない。

いずみの頬の温もりを、たしかにこの手で感じている。

僕は大講堂で伝えた言葉を、再び彼女に告げた。

「僕の世界は、ずっといずみだった」

君と、こうして一緒にいられること。それが、僕の生きがいなんだ。

涙で濡れたいずみの瞳が、僕の胸を締め付けた。

「いずみには、やりたいこと、いっぱいあるでしょ」

小学校の先生になって、自分が感じてきた喜びややりがいや感謝の気持ちを、今度はたくさんの子どもたちに伝えて、みんなを笑顔にするんだって、恩返しするんだって、そう話していたじゃないか。

「僕には、世界は救えない……でも、これから先も、いずみの笑顔を絶やさないことだけは誓う」

父さんと母さんの顔がちらついたけれど、僕は心を決めていた。

「いずみの願い、半分は叶えるから」

「半分？」

彼女が泣き腫らした目で不思議そうに僕を見つめる。

その意味には答えずに、いずみにそっと顔を寄せた。

「困っているひとには手を差しのべたい。悲しんでいるひとには寄り添いたい。みんなが幸せになってほしい。そう願えるいずみのことが、僕にはとても誇らしかった」

僕にないものを君は持っている。

「いずみは僕の、〝最強の幼なじみ〟だった。でもね――」

彼女の眼差しを、表情を、息遣いを、全部心に焼き付ける。

「最強じゃないところもたくさんあったよね。頑張り過ぎちゃうところとか。疲れたときに、たまに無防備なところとか。おいしいものには目がないところとか。可愛く毒を吐くところとか。そういうところも全部嫌いじゃないよ」

最後はちょっと、冗談めかして口にした。

「何、それ」

いずみが鼻声で笑う。

「二十歳のいずみも、いまと同じ気持ちだったらうれしいな」

僕も笑う。

頬に当てていた手を離し、再び両手で彼女の手を包んだ。

「いずみは僕にとって……本当に、本当に……本当に大切な存在なんだ」

だから……どうか、神様。

鼻の奥がツンとした。息が苦しい。全身が熱を帯びている。

「リクちゃん、ありがとう」

いずみの声がかすかに届く。

僕は両手に力を込めて祈った。

握る手の内からまばゆい光が零れ、
それは徐々に広がり、ふたりを包んだ。

第5章

もう一生分泣いたから、僕の世界は君にあげる

1

七月に入り、日に日に気温が上がってきた。
でも、わたしが期待している夏空は、まだ顔を見せない。
どうやら今月中旬くらいまでは梅雨が続くらしく、今日も朝から雨だった。
校舎の四階。教室後方の窓際の席から眺める空は、見渡すかぎり霞んでいた。
朝から激しく降ったり小雨になったり、雨脚も不安定で、気が重くなる。
ただ、いまの気分は天気のせいだけじゃない。
わたしの県大会出場が決まった翌日から、リクちゃんはずっと学校に来ていない。
彼が休み続けるなんて、珍しいことだった。
もちろん、連絡はしている。スマホからメッセージを送れば、返信はあった。
【リクちゃん、体調はどうですか】
【心配ないよ。ちょっと風邪気味なだけ】
【でも、ずっと休んでる】
【いままで休まなかったぶんをね】
【何それ】
【これからの過酷な受験勉強を前に、自分を甘やかしてる】

返事は断続的だったから、このやりとりだけで二日ほどかかっている。

リクちゃんのメッセージにはちょっと違和感があった。

彼らしくないというか。中学三年のちょうど今頃、高熱で修学旅行を休んだときみたいに。あのときほどではないものの、リクちゃんに似合わないテンションというか。

わたしの思い過ごしなのかな。

過去を振り返ってみると……リクちゃんというひとは、自分に何かが起こっても、そのときの感情をあまり顔には出してこなかった。だから、こうやって陽気な反応が返ってくると、わたしのほうが戸惑ってしまう。

思いきってリクちゃんの家に直撃しようか。ひょっとしたらそのほうが、案外リクちゃんも喜んでくれるんじゃないかなって、図々しいことを考えてもみたけれど。それをママに話すと、『いまはそっと見守ってあげたら？』と諭された。

彼の部屋の窓にはずっとカーテンが掛かっている。本当に風邪なのかな。それとも気分が沈んでいるのかな。そういうことって、いままでにもあったのかな……。

いろんなことをぼんやりと考えているうちに、昼休みを迎えた。

廊下へ流れ出す子たちもいれば、教室の中で机をくっつけてお弁当を開くグループもあって、なんだか急に賑やかになった。わたしは今日、お弁当を用意していなかった。もともと購買部でパンでも買って、生徒会室でそれを食べながら文化祭のプランを練る予定だった。文化祭関連の準備は結構タイトで、夏休みに入る前には具体案を決める必要がある。

いつも一緒にご飯を食べるユキやリカコたちに訳を話すと、口々にエールを送ってくれた。裏表がなくて本音で話せる彼女たちは、中学からのわたしの大切な親友だ。

「いずみ、頑張り過ぎないでね」

「へへ、ありがとう。明日は一緒に食べてね」

手を振って教室を出る。

購買部でサンドイッチと野菜ジュースを買い、その足で生徒会室に向かった。

廊下からドアの小窓を覗いてみると、中には誰もいないようだった。

教室の半分ほどの空間に長机が並ぶ、静かな生徒会室。わたしはその一番奥の席に腰を落ち着け、包装を開いたサンドイッチをかじった。

窓から外を見渡すと、雨がしとしとと降り続いていた。木々は静かに立っていて、風はなさそうだ。

夏休み、リクちゃんは予備校の夏期講習に通うのかな。前に得意教科がひとつもないことをボヤいていたから、少しは協力してみようか。数学だったら、わたしにもひとに教えられるくらいの自信はある。でも、やっぱりそういうのって、リクちゃん、嫌がるかな……。そんなことをぼんやりと考えていたせいか、生徒会室のドアが開いたことに気づかなかった。

「どうしたの、物思いに耽っちゃって」

振り返ると、入り口に伊勢くんが立っていた。

わたしはぼーっとしていた顔よりも、無防備な食事姿を見られたことが恥ずかしくて、急いで近くにあったティッシュを取り、口元を拭いた。

「文化祭のスローガンを考えてたの」

口の中のものを飲みこんでから、当たり障りのない理由を口にする。もともと食事後に考えようと思っていたのだから、あながち嘘じゃない。

「為永さんが文化委員長やってくれて、ホント助かるよ」

伊勢くんはドアを閉めると、入り口近くの椅子に座った。

彼とはちょうど長机ふたつ分の間隔がある。微妙な距離感に、わたしは緊張で背筋を伸ばした。

「伊勢くんは、どうしたの？」

普段、わたしが生徒会室に来るのは放課後で、それはたいてい複数のメンバーが集合したあとだったから、伊勢くんを含めて誰かとツーショットになる場面はあまりなかった。

「いや、まあ……うん、俺も九月の生徒総会のこと考えなきゃと思って」

生徒会長が生徒会室に来ることは何もおかしなことではないけれど、彼の物言いはなんとなく奥歯に物が挟まったようだった。顔には明るい表情を張りつけながらも、座った席で何か作業を始めるわけでもない。正面で組んだ両手は持て余しているように見える。

彼はそんなキャラじゃない。いつもなら、自分から羽目を外してでも周りを盛り上げようとする陽気さがあった。

「そっか。会長もいろいろ大変だよね」

変に詮索せずに、伊勢くんに労わりの言葉を掛ける。

それなのに……、

「それと、ちょうどよかった」

と、彼はわたしを見つめた。

「ん？」

「こんなこと、ふたりのときじゃなかったら話しづらいし」

なんか、ちぐはぐな会話。

伊勢くんは、あらかじめ考えてきたセリフを口にしたようだった。

昨年の梅雨の頃の出来事を思い出して身構えた。

「為永さんにはもう、大学の推薦の話って、あった？」

「ええっと、うん、ちょこっとね」

今度はわたしが口ごもる。恋愛系の話じゃなさそうなことには安堵したものの、思わぬ話題を振られて戸惑ってしまった。

「ちょこっとっていうより、あとは為永さんの返事次第なんじゃない？」

伊勢くんの視線は、わたしの心を見透かすように鋭かった。口角は上がっているのに目元が笑っていない。

「どうして？」

伊勢くんの発言の意図がわからない。先日たしかに、担任の先生から希望大学の推薦の話をいただいた。しかもありがたいことに、わたしがどうしても行きたい学部・コースの推薦を。そこには充実したカリキュラムが用意されていて、夢を実現するための環境として最高だった。

ただ、そういう話はあくまで内々なものだからと、クラスの友達にも、それからリクちゃんにさえも、まだ話してはいなかった。

それを、どうして伊勢くんが……？

「為永さんなら、もっと高いレベルの大学だって目指せるのに、なんで？」

わたしの頭の中は疑問でいっぱいだったのに、そのうえ質問に質問で返されてしまった。

「わたしは……偏差値とかランクよりも、その大学ならではの環境とか、教育内容に惹かれてるの」

本当はここまで踏み込んだ話をするつもりなんてなかった。でもきっと伊勢くんは、曖昧な返答では納得しないだろう。

「俺が生徒会長やってるのって、なぜだと思う？」

またしても変化球が飛んできた。今度はどういうことだろう。

「みんなに推されて？」

「それもあるけど、それだけだったらやってないよ」

「うーん……ごめんなさい、わかんないな」

考えても的外れなことしか言えなそうだったから、早々に白旗を揚げた。彼には申し訳ないけど、わたしはそこまで伊勢くんのことを知らない。

「親の見栄のため、かな」

ちょっと拗ねた少年のような口ぶりだった。

「いままでそんなふうには見えなかったよ」

彼のことは、いい意味でも悪い意味でも、もっとためらいがないと感じていた。

「肩書とか学歴にこだわる親でね。本人たちがこだわるのは全然いいんだけど、子どもに押し付けてくるのは勘弁してほしいよね。ただ……」

彼は思わせぶりなため息をついてから、核心に迫る発言を口にした。

「俺もできれば、ひとに誇れる大学には行きたいんだ。為永さんほどの成績はないけどね、いま為永さんが希望してる大学なら、なんとか俺でも推薦がもらえるかもしれなくて」

だったら、それを受けたら……なんて言おうとしたら、彼はわたしが口を開く前に続けた。

「でも、うちの高校からの推薦はひとりだって。担任に言われちゃった。他にもう、〝ほぼ確〟がいるから、その子が辞退でもしない限りは……って」

わたしはいつの間にか膝の上で拳を握っていた。しかもその手の中はずいぶんと汗ばんでいる。

「俺にとってはギリギリ手が届くかもしれない大学だけど、為永さんにとっては余裕でいけるとこなんでしょ」

伊勢くんがこのタイミングで生徒会室にやって来たのは、偶然じゃなかったようだ。ひょっとしたら、どこかでわたしの動きを観察して、こうしてふたりきりになる機会を窺っていたのかも。

「だから、考え直してくれないかな」

急に窓を打ち付ける雨音が激しくなった。

どんよりと沈黙が漂う生徒会室の中では、それはなおさらうるさく感じられる。

「ごめんね。……憧れの大学だし、ずっとわたしの、夢だったから」

こういうことは、せめて誠意を持って告げるべきだと思って、伊勢くんを正視して伝えた。

「駄目かな、為永さん」

「ごめんなさい」

彼はじっとわたしを見つめてから、苦虫を嚙みつぶしたような表情を浮かべた。

「そっか。残念」

彼はすっと席を立ち、そのままドアも閉めずに生徒会室を出て行ってしまった。先ほどまでの沈痛な面持ちやかしこまった姿勢は、全部演技だったのかと思えるくらい、あっという間のことだった。

わたしは堪えていたため息をつくと、深く椅子の背にもたれた。

たぶん……ううん、間違いなく、このときのことがきっかけで、わたしはその後しばらく変な噂を立てられた。

『為永いずみは進路指導の先生に色目を使って推薦を取り付けた』とか、『伊勢が内定していた推薦を横取りした』とか。

クラスの男子たちの興味本位の視線にめげそうになったときもあったけど、そんなときはいつも、ユキやリカコたちが庇ってくれた。彼女たちは、噂のことなんてまったく信じていなかったし、『どうせホラ吹きの伊勢が流してるデマでしょ』と、一緒になって憤ってくれた。わたしがそのあと正式に推薦の内定をもらったことを打ち明けたときも、みんな手を叩いて喜んでくれて。

学校を休んでいるリクちゃんがそのことを聞いたら、どう思うのかな。

昨年、高校二年の梅雨の頃に、伊勢くんに一方的にアプローチされたことがあった。

あのときは昇降口だった。ちょうど一緒に生徒会の仕事を終えた帰りだ。

外はしとしとと午後から降り始めた雨が続いていた。部活動が始まっていたあの時間は、下駄箱にわたしたちしかいなかった。

『為永さんて、すごく話しやすいよね。よく言われない？　明るくて、穏やかで、気が利いて。男子のファン、多いよ』

いきなりそう切り出した彼は、続けてわたしのことを持ち上げて、言葉遣いや雰囲気とか、あと、容姿なんかも褒めてくれて……。もちろん、そういうのは、うれしいんだけど……でも、なんとなく引っかかってしまった。なんかこう、それはホントにわたしを見て感じてくれてるのかな？って。聞こえのよい言葉を並べているだけで、他の誰かでも当てはまるんじゃないの？って。そんなことを考えるわたしは傲慢で高飛車なのかなって思ったりもして。

でも、リクちゃんだったらどうだろう。

わたしのことは、たぶんもっと違った視点で見てくれている気がする。

当時、伊勢くんのアプローチには『ごめんなさい』と、深く頭を下げた。

まさか、下駄箱でそんなシチュエーションになるなんて想像もしていなかったから、ずっと耳が熱かったのを覚えている。

彼は『嘘、嘘、忘れて』って、急に陽気に言い放ってから、生徒会室のときと同じようにあっけらかんと先に外へと向かった。

でも、そのあとで、はたと足を止めて。

どうやら傘を持ってくるのを忘れたことに気づいたようだった。自転車の籠には合羽《かっぱ》があるからと言ってたし、わたしのほうも告白を断った申し訳なさがあったから、『駐輪場まで入ってく？』と彼に申し出て、自分の傘を広げた。たったそれだけのことだった。

それなのに……あのときも、あとから『ふたりが隠れて付き合っている』という噂が広まった。

たしかにわたしが浅はかだったとは思う。駐輪場だったら、ちょうど弓道場に行く途中だからと、軽い気持ちで提案してしまったのだ。伊勢くんは差し出した傘に『サンキュー』と、嬉々として飛び込んできた。それからわたしが握っていた持ち手をさっと奪い、もう一方の手でわたしの肩に手を置いた。そういうことに免疫のなかったわたしは、その大胆さに面食らってしまったのと、少しの時間だからと抵抗の意思を見せずに堪えてしまった。

あのときリクちゃんは、たぶんわたしと伊勢くんの姿、見たんだと思う。でも、見てないふりして。

それ以来、お互いあの日のことには触れていない。

リクちゃん、どう思ってるのかな……？

彼とはきょうだいみたいな関係から始まったため、話さなくてもきっとわかってくれるはずだという自信があった。そのくらい、わたしは勝手にわたしたちの関係に甘えていたんだ。でも……リクちゃんの顔を見られない日々が続くほど、いまはなんだか不安でたまらなかった。

次の休日、わたしはお世話になっている老舗《しにせ》の弓具店を訪れていた。

それはいつもの通学路を途中で折れた先の、野球場もある大きな自然公園のそばにある。まもなく迎える県大会に向けて、弦や備品を購入したり、ゆがけと呼ばれる革手袋のメンテナンスをしてもらったりするためだった。

「どうもありがとうございました」

店主のおじさんに挨拶をして、お店を出た。

朝は涼しかったので、家を出るときはもう一枚羽織ろうかと迷ったが、ポロシャツにフレアスカートという薄着で正解だった。いまはずいぶんと気温が上がっている。

空には燦々と太陽が輝いていた。

お店の正面に停めていた自転車に乗り、ペダルを踏んだ、そのときだ。

道の先に、リクちゃんとお父さんのカイトさんの姿を見つけた。

会いたいのに会えなくて、ずっと悶々と過ごしてきたのに。

それはあまりにも唐突な遭遇だった。

え、どうして？　ホントにリクちゃん？

目を凝らしてみればみるほど、やっぱりそうだ。

自然公園の外周道路、弓具店と同じ側に大きな病院がある。ふたりはその病院のエントランスから出てきて、隣の駐車場に足を向けていた。

わたしは急いで自転車を漕ぎ、ふたりの進んでいった駐車場に向かった。

彼の背中を追って走るうちに、ずっと心に掛かっていた霧が晴れていく。

「リクちゃーん！」

駐車場に入ったところで、こちらに背を向けていたリクちゃんたちを呼び止めた。あと少しでカイトさんの車に乗り込むところだった。リクちゃんがわたしの呼びかけに足を止めて振り返る。

「どうしたの!?　いずみ」

その顔は本気で驚いていた。運転席に乗り込もうとしていたカイトさんも、思いがけないわたしの登場に目を丸くしている。

「川中さんのとこに」

お店のほうを指して答えた。わたしたち部員はみんな、川中弓具店のことを『川中さん』と呼んでいた。

「そういえば、すぐ近くだったね」

リクちゃんは、視線の先にお店を捉えて納得したようだった。

「リクちゃんは？」

一週間以上ぶりに会ったのだから、もっと気持ちを込めて話しかけるべきだったのかもしれない。ただ、いきなりの再会すぎて、全然心の準備ができていなかったし、傍らにカイトさんがいたから、少しかしこまってしまった。

「ちょっと体調がイマイチだったから、念のため診察」

「それで、どうだったの？」

「疲れが溜まってただけで、もう大丈夫」

「ホントに？」

「うん、ホント」

リクちゃんはにっこりと笑った。

「ずっと心配だった」

「不安にさせちゃって、ごめん」

彼が申し訳なさそうに頭を下げた。

込み上げてくるものがあってうまく言葉が出てこなかったので、わたしはブンブンとかぶりを振った。

「ねえ、よかったらこのあと、付き合ってくれないかな」

顔を上げたリクちゃんからふいに誘われた。本来なら用件くらい聞き返すのが自然なはずなのに、わたしはすぐに首を縦に振る。

「じゃあ、父さん、先に帰っててくれる？」

リクちゃんが振り返ると、カイトさんは気をもむように「大丈夫？」と眉を寄せた。

「無理はしないよ。バスで帰るね」

「……うん、わかった」

カイトさんは何か言いたげな様子だったものの、それを呑み込むようにしてからわたしを見た。

「じゃあ……いずちゃん、頼むね」

いきなりお願いされてドキッとしたが、わたしははっきり「はい」と答えて頷いた。


カイトさんの車を見送ってから、わたしとリクちゃんは自然公園のほとりを歩いた。

降りた自転車のハンドルを、最初はリクちゃんが「持つよ」と言ってくれたけど、それは遠慮した。診察帰りの彼にそんなことをしてもらうなんて、さすがに気が引ける。

歩道のブロックは日差しの照り返しで眩しかった。

わたしたちはなるべく歩道脇にできた木陰の中を歩くよう、身を寄せた。そのせいで、ときどきわたしの肩とリクちゃんの腕が触れ合う。なんだか、くすぐったいような、ドキドキするような、不思議な感じ。そんな気持ちを悟られないように、わたしは冷静を装って彼に尋ねた。

「これからどうするの？」

「母さん、来月誕生日だからさ、何かプレゼントしようと思って」

リクちゃんは照れ臭そうに頭を掻いた。

「わー、モエさん喜ぶだろうね」

「そう？」

「うん、うん。絶対喜ぶよ」

わたしの言葉に彼も顔を綻ばせる。

「でも、いままで贈り物なんてしたことないから、何がいいか迷っちゃって」

「そうなんだ」

わたしは幼稚園の頃のことを思い出した。ピカピカに磨いた水晶のような泥団子と、それを『お母さんにあげるんだ』と意気込むリクちゃんの眼差しを。結局あの泥団子はモエさんには届けられなかった。それ以来リクちゃんは、何かをプレゼントしたこと、なかったんだ。

「だから、いずみにも選んでほしい」

縋るような目だった。

これまで、彼からそんなふうに請われたことがあっただろうか。

やっぱり最近のリクちゃんは変わった。思いを直接告げてくることが増えた気がする。その言葉は頰を羽毛で撫でられるようにこそばゆくて、でも、すごくうれしかった。

本当はもっと、聞きたいことがあった。

どうしてずっと、途切れ途切れのメッセージしか返してくれなかったのか。あんなに家が近いのに、なんでカーテンまで閉めっぱなしだったの？とか。ちょっと体調が悪いくらいで、あんな大きな病院に行く？　紹介状とか必要なんじゃないの？

たぶん、口を開けば、出てくる言葉は問い詰めるような言い方になっちゃいそうだったから。いまは彼の優しさに紛れるように、ぐっと堪えて呑み込んで、胸にしまっておこうと思った。

自然公園から街の中心部に向かうと、高架の線路に行き当たった。

この辺りは高架下にさまざまなお店が連なっている。

近くの駐輪場に自転車を停め、それから一軒ずつ、覗きながら歩いた。服屋さんに、靴屋さん、飲食店に雑貨屋さん。休日ということもあってか、多くのひとの行き交いで賑わっていた。

久しぶりに、リクちゃんとふたり。思いも寄らない偶然から素敵な時間を贈られて、いまこうして肩を並べて歩いている。昨夜は考えもしなかったことだ。

そのせいだろうか。あれこれと話しながら回っているうちにひどく楽しくなってしまい、いつの間にか、入るお店までわたしが決めていた。リクちゃんはわたしの意見に少しも注文をつけず、優しく「いいね」とほほ笑みながらついてくる。

お姉さんみたいなわたしと、弟のようなリクちゃん。そんな昔の関係ともちょっと違う。いまはリクちゃんが、わたしを見守ってくれている気がした。

立ち並ぶお店をひと通り見たところで、彼がからだをよじりながら伸びをした。

「お腹、空いたな」

「わたしも。なんか食べる？」

「うん」

意見がそろったところで、今度は落ち着ける飲食店を探した。

リクちゃんとは久しぶりのご飯だけど、あまり高級そうなお店は腰が引けてしまう。そういうのは慣れてないから、なんか気後れして、交わす会話もぎこちなくなっちゃいそうだし。

そんなことを考えていたら、リクちゃんがファストフードのハンバーガーショップを指差して、「あそこにしようか」と言った。店内には同世代の子たちも多くいたし、高校生ふたりでも気軽に入れる雰囲気だった。

レジに並ぶと、リクちゃんは珍しく、ボリュームのあるハンバーガーを頼んだ。

「どうしたの!?　そんなに大きいの」と聞いても、「なんか無性に食べておきたかった」なんて、よくわからない答えが返ってきた。

それが可笑しくて、わたしも思い切って同じものを注文する。

「え、いずみも？」

リクちゃんが目をパチクリさせた。

「わたしもつられて食べたくなっちゃった。食べきれなかったら責任取ってね」

「それは無茶な話だよ、いずみさん」

おどけるようにリクちゃんがのけ反った。こういうときの『さん付け』呼びは、リクちゃんの機嫌がいいときだ。通院しているとは思えないほど顔色もよさそうだし、わたしは内心ホッとしていた。

そのせいかわからないけど、ボリュームのあったハンバーガーは、ふたりそろってペロりと平らげてしまった。

「いずみ、すごいね」

「へへ、いけちゃった」

そうしてまた、同時に肩を揺らして笑った。

振り返ってみると、休日一緒にショッピングで街を巡るなんて、初めてのことだった。修学旅行だって、中学はリクちゃん、熱で休んだし。高校は高校で、クラスも行き先もバラバラだった。

だから、わたしにとって今日は、かつて残すことのできなかった思い出をなぞっているようにも感じられた。

ファストフード店を出ると、最初のほうで見た雑貨屋さんに戻った。リクちゃんもわたしも気に入った品が多かったのだ。

わたしたちはアクセサリーコーナーの前に立った。

高校生が手持ちのお金で買える範囲というと、ジュエリー専門店ではさすがにハードルが高い。目の前に並ぶアクセサリーだったらかわいいうえにお手頃価格だった。

リクちゃんは贈り物を、ペンダントに絞ったようだ。

「どれがいいかな？」

「モエさんが付けてるとこ、想像してみよ」

ふたりして目を閉じたり天井を仰いだり、さんざん迷った。

　そのうちに、わたしはまた、かつての泥団子を思い浮かべていた。固めた土に細かい砂をかけてこするだけなのに、不思議なほど鮮やかで美しくなる。

『お母さんにあげるんだ』

　そう宣言して鼻を膨らませたリクちゃんの声が、いまも耳から離れない。

「これは？」

　わたしが指したのは、小さな石がついたペンダントだった。選んだ理由は単純だ。大きさこそ違うものの、リクちゃんが作った泥団子のように美しく輝いていたからだ。

「じゃあ、それにする」

　彼はなんの迷いもなくその品を手に取った。そして愛おしそうに目の前でかざし、「いいね」とほほ笑んだ。最初から、わたしが選んだものにしようと決めていたのだろうか。リクちゃんを見ていたらそんな気がした。

「カイトさんには、いいの？」

　カイトさんの誕生日はずっと先だったけど、人生で初めてお母さんへのプレゼントを選んだのなら、お父さんのぶんも買ってはどうだろうと思い、なんとなく聞いた。

「誕生日、だいぶ先だし。それに……父さんのは、まだ決められないかな」

　彼はしんみりとした表情で呟いた。

　どうしたんだろ、何か変なこと言っちゃったかな。

「そう……じゃあ、また今度、選ぶときに声かけてね」

わたしは慌てて、明るい顔を作った。

「いずみは何が欲しい?」

雑貨屋さんを出ると、突然リクちゃんに尋ねられた。

「え!? わたし?」

「うん」

「なんでわたしに?」

わたしも彼と同じ早生まれなので、誕生日はまだまだ先だ。

「頑張り屋さんのいずみへのご褒美」

「ご褒美って、県大会これからだよ? そこで結果出せるかわからないし」

リクちゃんから直球のメッセージを投げられて、顔の前で大きく手を振った。これは完全に照れ臭さのせいだ。

「じゃあ、県大会出場のご褒美」

「そんなにわたしを甘やかさないでよ」

「違うよ。いずみに何かを贈って、自分を甘やかしたいの」

「何、それ」

リクちゃんのおかしな表現に思わず頬が緩んだ。

これまでだって、彼としばらく顔を合わせないことはあった。昔とはお互い生活のリズムも違うし。でも、今回は彼が学校をずいぶん長く休むなんていう想定外の出来事があったせいか、いまこうして何気ない会話を交わせていることが心から楽しかった。

だから……リクちゃんのせっかくの申し出に乗って、わたしはひとつお願いをした。

「じゃあさ、一緒に『いずフォト』撮ってほしいな」

何かを買ってもらうんじゃなくて、同じ時間を共有しておきたかった。

「プレゼントじゃなくていいの？　それでご褒美になる？」

リクちゃんはたぶん、わたしが遠慮してると思ったんだろう。

「一番素敵なご褒美だよ」

わたしが笑顔を向けると彼も目を細めた。

「じゃあ、そうしよう」

「うん」

こうしてわたしたちは、当てもなく近くをぶらぶらと散歩した。

屋根の上で丸くなった猫。変わった形の雲。かわいらしい花。道すがら手をつないで歩く親子の背中……。リクちゃんとわたしで、それぞれに気になる被写体を撮っていった。

それから、その中の何枚かに、少しずつお互いを被写体にした写真も交ざり始め、後半ではいつのまにか、ふたりで顔を寄せ合って自撮りもしていた。

なんか、こういうのも、いままでしてこなかったな。昔からいつも見慣れているせいもあるだろうし、だからわざわざ一緒に写真に納まることにも恥じらいがあったんだと思う。

こんなに自然にできるんだったら……こんなに楽しいって感じるんだったら……もっと

早く誘ってみたらよかったな。

胸の内で、静かにそう思った。

『いずフォト』を提案したのは、わたしたちに残された時間のことを意識したせいもある。

わたしは大学への進学を機に、この街を離れることになる。

リクちゃんはまだどうするか決めてないみたいだけど、ひょっとしたらそろそろ別々の道を進むことだって覚悟するべきなんだろう。幼稚園から高校まで、ずっと並んで歩いてきたのだから、寂しくないっていったら嘘だ。

うん、寂しい。寂しいし、不安だ。リクちゃんが近くにいない人生は、パパやママがいない日常と一緒で、わたしには未体験なことだし。

リクちゃんの優しさに支えられて生きてきたようなものだから、彼がいなくなったら、ひょっとしたらうまく立っていられなくなるかもしれない。それくらい不安だった。

でも……でも、ね。

わたしはいろんなひとに支えられてきたぶん、たくさんのひとに恩返ししたいとも思っている。そう、十二歳のときに、二十歳の自分に向けて書いたんだ。リクちゃんには思いの証人になってほしいって、そうお願いもした。

永遠のお別れじゃないんだもん。大学に行ってからも、会おうと思えばいつだって会えるし、それに、卒業したら必ずまた、この街に戻ってくるから。

もしも、そのとき。リクちゃんがまだ、わたしのことを見守ってくれてるとしたら、そのときは……。

うううん、そんなの勝手だよね。そのときにはもう、リクちゃんは別の素敵なひとと運命的な出会いを果たしているかもしれないし。わたしの思いで彼を縛るなんてできない。

やっぱり撤回。

卒業までの残りわずかな時間が、愛おしくてたまらないよ。だからいまは、この大切な思いを一緒に閉じ込めておけたら、それでいいんだ。

わたしたちは近くにあった公園のベンチに座った。ひとしきり思いのままに撮った画像を、もう一度ふたりで振り返っていく。

「あー、この色味、最高だね」

「だねー」

「雰囲気出てる！」

「わあ、ほんとー」

呟いたり、叫んだり、感嘆したり、笑ったり。ずっとこうしていたかった。

過ぎていく時間を惜しみつつ、今日撮った最後の写真をスワイプした。

すると、ちょうどそこに、先日わたしが撮った別の写真が表示される。

「あれ？　これ……」

リクちゃんが意外な表情で振り向いた。

写真には、お地蔵さんが写っていた。

その背景には、いつも〝くぅ〟ちゃんと散歩している土手から見える川の流れと、橋も見える。この道はリクちゃんも、それこそ何十回と通ってきたコースだ。

「お地蔵さん？」

「そうなの、びっくりでしょー！」

彼が不思議がるのも無理はない。

わたしだってもう十年以上もあの土手を歩いてきたのに、その途中の茂みにまさかお地蔵さんがいたなんて！　本当に偶然だった。

「〝くぅ〟ちゃんが、鼻先をかすめて飛んでいった蝶々を追いかけてたら、たまたま見つかったの！」

リクちゃんは「そうかぁ」と唸っていた。

「もっと探してみようよ、こういうの。気づいてないだけで、ほかにもきっとあると思うよ！」

「うん、あるよね」

興奮するわたしにリクちゃんは、なぜかしっとりとした、優しげな表情を向けた。

リクちゃんとともに、モエさんに贈るプレゼントを選んで、大きなハンバーガーを完食して、それから一緒にたくさんの写真を撮って。ママにそれを伝えたら、『デート、楽しそうでよかったね！』って。

2

ああ、うん……あれはやっぱり、世の中のひとが聞いたら、そう呼ぶのかな。

それはともかく。リフレッシュの効果か、わたしは県大会になんの気負いもなく臨むことができた。間違いなくリクちゃんからの先行ご褒美のおかげだと思う。

大会では、稽古とまったく同じ射ができた。

結果だけじゃなくて、そこに至るまでの努力に悔いがなければ、あとはやりきるだけ。

心からそう思えたから、自然体で引けたんだと思う。

弓を握る左拳も弦を引く右肘も、絶妙のポイントで静止して、強く一回瞬きするうちに、的は射貫かれていた。

「よ――し！」

ギャラリー席で見守っていたみんなが、一斉に叫んだ。

表彰式が終わると、わたしは『優勝』と彫られたトロフィーを持って、すぐに帰路についた。でも、向かったのは自宅じゃない。リクちゃんの家だ。

彼はわたしと過ごした翌日以降も、学校を休んでいた。
【ちょっと体調が悪いので、大会には行けません。
でも、ちゃんと応援してるから。
いずみなら大丈夫。】
今朝、家を出る前にそんなメッセージが届いた。
リクちゃんのメッセージを読んだら、ざわついていた心は治まった。
たくさん勇気をくれた彼に、まず一番にトロフィーを見せたかった。

夕方とはいっても強い西日が照りつけ、外はまだ明るい。

駅から全力で自転車を漕いできたせいか、全身汗だくだった。首筋の汗をハンカチで拭い、前髪を整え直した。

一呼吸おいてからリクちゃんの家の玄関のチャイムを押す。リビングの明かりはついていたし、チャイムが屋内に届いている感じもする。ただ、玄関の開く気配はなかった。リクちゃんの部屋を見上げると、窓は相変わらず厚いカーテンで閉ざされていた。

もう一度、ゆっくりとチャイムを押してみる。

すると、ようやくそろそろとドアが開いた。顔を見せたのはカイトさんだった。

「急にすみません」

わたしの声がうまく届かなかったのかと思うほど、カイトさんの目は虚ろだった。

「……ああ、いずちゃん。待たせちゃって悪かったね」

「あ、いえ……もしかしてお取り込み中でした？」

「そんなことないよ。ただ、モエが寝込んじゃって」

カイトさんの顔色が優れないのは、そのせいだったのか……。

「モエさん、体調悪いんですか」

すると、カイトさんの顔が歪んだ。

「からだというより、気持ちがね」

なんだかカイトさんも、いつものカイトさんではないみたいだ。

「どういうことです？」

胸がざわつく。

「実は……今日、リクが入院したんだ」

「入院って……？」

聞いた瞬間、息が詰まった。

いったいわたしは、どんな顔をしてその言葉を受け止めたんだろう。

玄関を開けたときのカイトさんの顔を思い出す。胸に穴が開いたような虚脱感。ひょっとしたらいまのわたしは、さっきのカイトさんみたいな目をしているのかもしれない。

カイトさんは、リビングに入ることを勧めてくれたものの、わたしは腰を落ち着ける前にすぐにでもリクちゃんのことが知りたかった。

だから「ここで聞かせてください」と、ドアの内側の三和土《たたき》で、話の続きをお願いした。

カイトさんはしばらく思案してから、一旦リビングに戻ると、一通の封筒を手にして戻ってきた。

「いずちゃんにとって、つらいことが書かれてるよ」

かすかに震えたような、低い声。

「それでも、知りたいと思う？」

ひどく神妙な面持ちだった。

「お願いします」

はっきりとカイトさんを見据えて答えたものの、自分の声も震えていた気がした。

カイトさんがおもむろに封筒を差し出す。わたしはそれを受け取ると、中に折り畳まれていた紙を慎重に取り出した。

それには、冒頭、『診療方針の説明』と書かれていた。

現在考えられている病名、症状、これまでの経過について。

これはホントに全部、リクちゃんのこと……？

アルファベットの文字を含む長い病名が飛び込んできた瞬間から、徐々に現実感は失われていった。書かれている内容のすべてが、目を疑うことばかりだった。

今年の春にはすでに、血液検査でかなりの異常値が出ていたこと。

彼に発症した病は、極めて症例の少ない、稀な難病であること。

回復の見込みがいまの医学でははっきりと言えないこと。
入院中は、家族も含めて面会さえできないこと。
その他にも、不穏で、不吉で、禍々しい語句が並んでいた。
文字が揺らぎ、カイトさんの声が遠のく。
視界がぼやける。ショックで言葉が出てこない。
そのうちに足元が揺れ始めた。
あれ、どうしたんだろう?
手足の力が抜け落ち、目の前が急に暗くなった。

突如、異常な痛みに襲われた。
頭の中を直接鈍器で殴られ続けるような。
かつて経験したことのないような痛みだ。
なんなの、これは。
うわぁぁっ!
思いきり歯を食いしばっても、それに耐えられず、低い唸りが漏れる。
目を開けることすら叶わず、闇の中で痛みばかりが全身を襲った。
鼻腔をつくのは嗅いだことのない薬品の匂い。
首以外、からだがまったく動かない。

筋肉が鉛にでもなったんじゃないかと思うほど、全身が重く、だるかった。
はぁ、はぁ、はぁ、あああぁぁっ……。
からだじゅう汗でまみれ、息も絶え絶えに、再び呻く。
固まったからだはもう、自分のものじゃないみたいだった。
身をよじらせることさえできない。
痛い……痛い、痛い、痛い……、
このままじゃ頭が割れちゃうよ。
お願い、助けて。
誰か。助けて。
苦しい……こんな痛み、無理だよ……あああぁぁっ……

いずみ。ねえ、いずみ。

フィルターを通して届いたような、くぐもった声。

フッと意識が戻る。瞼を開くと、目の前にパパとママの顔があった。

え……、ここは、どこ？

「よかった、目が覚めて」

「いずみ、気分はどう？」

ふたりとも、安堵の表情を浮かべている。その間に天井が見えた。

顔を小さく左右に動かしてみてわかった。ここはリクちゃんの家のリビングで、わたしはソファに横たわっていた。

それにしても、直前に暗闇で感じた痛みと苦しみ……あれはなんだったんだろう。いままで感じたことのない、尋常じゃないほどの苦痛だった。

あれは、夢だったのか……。

まだちょっと気持ち悪さは残っていたものの、凄まじい頭痛や全身のけだるさはない。

「うん、大丈夫」

仰向けになっていたわたしは、ママに支えられながらからだを起こして、ソファにもたれた。

「玄関で倒れたって、カイトさんから連絡をもらったんだ」

パパが簡単に経緯を説明してくれた。

「ショックだったよね」

キッチンのほうから聞こえた声に振り向くと、マグカップを手にしたカイトさんが姿を見せる。

そして、わたしの目の前のテーブルに、そのカップを置いた。

「ホットミルク。よかったらこれでも飲んで、気を落ち着けて」

「ありがとうございます」

両脇にはパパとママ、正面にカイトさんが座った。壁に掛かった時計の針を見ると、ここへ来てからすでに一時間以上が過ぎていた。

喉に流し込んだホットミルクが胃に届いて、じんわりとからだを温めてくれた。

ただ……正気に戻るほどに、意識を失うきっかけとなった現実も見え始めた。

リクちゃんは、ただの入院じゃなかった。

診断書にも書いてあった。

この先どうなるのか先行きは不透明で、治療の効果は未知数だと。

わたしはどれだけ楽観的だったんだろう。高校を卒業したあとのことに思いを馳せて、センチメンタルになって。リクちゃんはもう、高校に来られないかもしれないのに。

文化祭にも出られず、一緒に卒業式も迎えられず、ずっと病院に……。ううん、病院にさえ、いられるかもわからないなんて。

「パパとママは知ってたの？　リクちゃんのこと」

わたしは両隣のふたりを交互に見た。ママは気まずそうに目を伏せ、パパは眉間に皺を寄せて小さく頷いた。

「いつから？　なんで教えてくれなかったの？　なんで？」

わたしは苛立ちを覚えて声を荒らげた。

わかってた、そんなの理不尽だって。パパとママは何も悪くない。本当だったらお気楽で呑気な自分に腹を立てるべきだってことも。

言い返すどころか悲しそうに手で口元を覆うママを見て、わたしはすぐに「ごめんなさい」と謝った。パパにも同じように詫びる。ふたりはただ頭を横に振った。

「いずちゃん」

正面に座るカイトさんが、膝に手をついてわたしを覗き込む。

「ヒロキさんとアヤノさんには、リクの入院が決まったときに、全部話してたんだ」

「それは、いつですか……？」

わたしが弱々しく問うと、カイトさんは足元に視線を落とした。

「つい先日、いずちゃんと会った日だよ」

まさか……。

頭の中に、まるで走馬灯のようにリクちゃんと過ごしたあの日の光景が廻る。

温和な顔のリクちゃん。

次はあの店に入ろうよ。そう提案するわたしに優しくほほ笑んで頷くリクちゃん。

笑いながら、ふたりで撮り合った写真。

わたしは無邪気に、幸せに浸ってた。

でも、そのときすでにリクちゃんは……。

あの日、リクちゃんが見せた表情や、口にした言葉の一つひとつを振り返りながら、全部に意味があったんだと思えて絶句した。

そんなわたしの心を見透かすように、カイトさんは静かに言った。

「いずちゃんには、しばらく黙っててほしいって。リクからの強い願いだった」

「どうして……」

わたしはそれを、冷静には受け入れられなかった。

「いずれは告げなきゃならないんだろうけど……いずちゃんには県大会もあったし。それに、一週間でも、一日でも、いずちゃんに少しでも長く穏やかな気持ちでいてほしかったんだと思う」

「そんなの……そんなの、勝手だよ……」

思わず顔を覆う。県大会なんて……そんなの、関係ないのに。

わたしの背中をパパとママの手がさすった。

「ホント、リクは勝手なんだ」

カイトさんの声は震えていた。

「勝手すぎるんだ」

その意外な声音に、わたしは顔を覆っていた手を下ろして、カイトさんを見つめた。カイトさんは頭を垂れ、顔中に皺を寄せたまま、何か深い苦しみに耐えているようだった。

「小さな頃から、何のこだわりも持たずに育ってきたと思っていたのに……」

顔を起こしたカイトさんが、小さく笑みを浮かべる。

「いずちゃん……いずちゃんが夢を追い続ける姿を見ることだけが、リクの喜びなんだよ」

「そんな……」

「そうなんだよ、あの子は。自分のことには無頓着なくせに、いずちゃんのことになると、どうしようもなく勝手で、わがままで、頑固なんだ」

カイトさんは眉間に皺をよせ、困ったような顔で呟いた。

このときのわたしはまだ、その言葉をうまく呑み込めなかった。


家に戻ってから自室でスマホを確認すると、リクちゃんからメッセージが届いていた。

それはちょうど、わたしがリクちゃんの家で眩暈を起こして倒れたあと。目覚めるまでの間に着信していた。

【いずみ、報告はまだ？】

と、たった一行。県大会の結果を催促していた。

トロフィーをみせつけてあげたら、リクちゃん、驚きつつも喜んでくれるよね。そう思って直接リクちゃんの家に乗り込んだけど、彼はそのときにはもう、入院していた。リクちゃんの家に行くのをためらって、もうちょっと待ってたら、このメッセージにだってすぐに返事ができたのに。

【お待たせしました】

そう入力してから、わたしは一画面ぶん改行を繰り返していく。そしてスクロールしてもらうための余白を作ってから、その先に結果を書いた。

【優勝したよー！】

机に置いてあったトロフィーを写真に撮り、その画像も添付した。

すると、すぐにリクちゃんから返信があった。

【いずみ、すごい！】【やるときはやる子！　いや、いつでもやる子！】【うれしいよー!!】と連投で戻ってきた。

またしても、テンションの高いコメントだった。こんなに【！】を多用するリクちゃんは珍しい。文面を打っている彼の姿を想像するだけでニヤニヤしてしまう。

でも、こんなに喜んでもらえると、わたしもうれしい。

【ありがとう。リクちゃんの応援のおかげ】

これは心から思っていることだった。

【最強の幼なじみを応援できて、鼻が高い】

何、それ。わたしは画面を見つめながら笑った。

【次は文化祭、素敵なスローガンを作って成功させようね】

リクちゃんにも、たしかに文化祭の仕事のことは話していたけれど、わたしがスローガン作りに悩んでいることまでは伝えていなかった。先日一緒に過ごしたデートらしきものの最中に、言葉にしなくても表情から滲み出ていたのかな。それともこれは、幼なじみの勘？

【うん。頑張る】

それだけ返すことにしようかとためらいつつも、もうひと言付け足した。

【だからリクちゃんも、早く退院できますように】

窓の外を眺めると、夕日に染まった雲が見えた。

さっきはあんなにすぐに返事があったのに、今度はなかなか反応がなかった。

五分ほどして、ようやくメッセージがあった。

【聞いてたんだね】

文面から、きまりが悪い表情を浮かべるリクちゃんを想像した。

【さっき聞いたの】

黙っていた彼を責める気なんてない。カイトさんが話してくれたことを、全部が全部理解できたわけではないものの、リクちゃんの優しさはよくわかっている。

【怖かったんだ】

会話するように返事があった。

【本当は、あの日ちゃんと伝えようと思ってたんだけど】

少し間があって、

【すごく楽しそうないずみを見てたら、言い出せなくなっちゃった】

そう続いた。

【それと】

ここで一旦途切れて、なかなか続きが表示されない。

でも、わたしはただ、リクちゃんの言葉を待った。

するとと、

【僕も楽しくなりすぎて、もどかしくなった。あの一日は、最後までふたりで笑っていたいなって、思ったんだ】

急に画面の文字が歪み、視界がぼやけた。

それから彼は、今後のことを伝えてくれた。

入院がいつまで続くかはなんとも言えない。治療でからだがどうなるかもはっきりしないから、電話や手紙はしばらくできない、とも。仮にできたとしても、声や指が震えちゃって、何も伝えられないかもね（笑）って。

【（笑）】がついてるせいで、本気なのか冗談なのかもわからなかった。

メッセージのやりとりを終える頃も、わたしの頬はまだ、熱い涙で濡れたままだった。

3

夏が終わって、秋が過ぎ、冬が来た。

街にはイルミネーションが輝き、行き交うひとたちの心を躍らせる音楽が流れている。

リクちゃんが入院してから、もう五か月が経っていた。

そんなとき、カイトさんから連絡があった。

【いずちゃんへ　リクの退院が決まりました】と。

カイトさんとモエさんの許可をもらって、わたしはリクちゃんの部屋に通された。

ふたりはもう十分にリクちゃんの顔を眺めたからと、一階のリビングに戻っていったので、いま、部屋の中にはリクちゃんとわたしだけだ。

彼はベッドの中で、寝息を立てていた。

『ホントに入っちゃっていいんですか？』

ドアを開く前に、ためらいながらモエさんに念を押したら、

『リクの寝顔なんて、めったに見られないでしょ。特別よ』

と笑って背中を押された。

リクちゃん、目を覚ましたら、『勝手になんだよ、もう』って膨れるかも。でも、たしかに彼の寝顔は、小学生のとき以来拝んでいない。

だからわたしは、モエさんと共犯者になったような気分で、そのまま部屋に入った。

リクちゃんの顔は穏やかだった。入院前、最後に会ったときよりも、頬はちょっとだけ痩《こ》けた気がしたけど、血色はよかった。

窓の外には見慣れた景色が見えた。

児童公園ではちょうど、しゃがみこんだ男児と女児が頭を突き合わせて何かをしていた。姉と弟だろうか、それとも幼なじみかな。目を凝らすと、懐かしい気持ちがよみがえった。

どうやら彼らは、土遊びをしているらしかった。

泥団子作りの上手だったリクちゃんの得意顔が重なる。

すると子どもたちが、何かに気づいて顔を上げた。

つられてわたしも見上げれば、からっと晴れた冬の空には、風花《かざはな》が舞っていた。

チラチラと降ってくる雪に、小さなふたりが感嘆の声を漏らした。

ほほ笑ましい光景から、視線を部屋の中に戻す。

壁には、たくさんの写真が貼られていた。

それには、部屋に入ったときから気づいていた。でも、ちらりと視界に入った被写体に、正視するのが恥ずかしくて、気づかないふりをしていたのだ。

わたしは貼られた写真を、今度は勇気を出して、まじまじと見つめた。

途端に自分の顔が熱くなるのを感じる。

たとえば、とある一枚には、幼稚園の頃にワカナ先生が撮ってくれた、わたしたちのお遊戯会での様子が写っていた。頭に花のお面をつけたわたしが、満面の笑みで踊っている。

小学校のハイキングの写真も。一緒に大きなおにぎりを頬張るリクちゃんとわたし。わたしは口の横にご飯粒をつけたまま、ケラケラと笑っていた。

中学のボランティア部では、図書館で披露した朗読劇。わたしの横顔が何枚もあった。

それから、中学の修学旅行。リクちゃんは熱でお休みしてしまったけど、後日廊下に貼られたたくさんの写真から、誰でも好きな番号の写真を購入することができた。貼られているのは、どれもわたしが写ったものばかりだった。ユキやリカコと一緒にポーズをとっているわたし、絶景に手を叩いているわたし……。

それから、先日ふたりで一緒に撮った写真たちもあった。

その中には、顔を寄せ合っているリクちゃんとわたしも。

こんな近い距離だったかな。あらためて見ると、すごく照れ臭い。

『撮ろ、撮ろー』

あのときはなんだか、ふわふわした気持ちのまま、ノリでスマホを掲げていた。

『街並みもうまく入れたいね』

背後を見渡してから、リクちゃんと立ち位置を決めた。彼の息遣いが耳元で聞こえたのを覚えている。

『いくよ？』

シャッターボタンを押す合図をくれた彼に、ただコクリと頷いて身を寄せた。

思い出をたぐり寄せながら、もう一度写真のふたりを眺めた。ぎこちない表情のリクちゃんとは対照的に、わたしは頬を火照らせて、幸せそうに笑っていた。

「いずみ？」

そのとき、背後から声がした。

振り返ると、ベッドの中で布団にくるまったまま、リクちゃんが驚いた顔をしている。

「ホントにいずみ？」

寝起きの彼は、まだ信じられないのか、あらためて尋ねた。

「へへ、本物だよ」

わたしは膝を折って、ベッドの傍らに腰を下ろした。

「勝手にごめんね。モエさんたちがどうぞって勧めてくれたから
リクちゃんは「うわあぁ～」と弱々しく呻きながら、顔を掛け布団で覆った。

「寝顔見られるの、そんなに嫌だった？」

わたしが聞くと、布団の中からゴニョゴニョと返事があった。ただ、なんと言ったのかはわからない。わたしは布団の端を引っ張って、「何、何？」と聞き返す。

布団をかぶり続けていた彼も、しばらくして気持ちの整理がついたのか、それとも観念したのか、ようやく顔を出した。

「寝顔も許可したつもりはないけど、それよりも……」

答えながら彼は、チラリと壁の写真を見た。

「まさか、急に来ると思ってなかったから……貼りまくった写真の被写体が目の前にいるとか、死ぬほど恥ずかしいよ。片付ける準備をさせてほしかった」

苦笑いする彼の顔は赤かった。

わたしは思わずリクちゃんの手を取った。何かを伝えたかったからじゃなくて、ただ、彼の手の温もりを感じてみたかった。

とたんに熱いものが込み上げてくる。

わたしはなんとかそれを我慢して、強く口を結ぶ。けど、それも叶わない。

「うううぅぅ……」

思わず嗚咽が漏れた。

左手でリクちゃんの手を握ったまま、右腕で口元を覆った。

でも、駄目だった。彼の優しい横顔を見ていたら、どんどん耐えられなくなって、とうとうしゃくりあげてしまった。

「うっ、うっ、うっ……」

笑顔で会おうって決めてたのに。

昔、おばあちゃんから、病人は枕元で泣かれるのが一番つらいと聞いてたのに。

会いたいときに会えなくて、言いたいことも言えないで、ここまできちゃったから、どうしても堪えることができなかった。

「うっ、うぅうぅ……うぇぇぇん……リクちゃぁん」

口元を塞ごうとしていた右手を床について、大きく口を開いた。幼稚園の頃のような泣き方だった。

リクちゃんの手が、わたしの手をギュッと握り返してくれた。

「いずみがくれたぬいぐるみ見て、いつもいずみと〝くぅ〟の存在を感じてたよ。ほら」

リクちゃんが、ほほ笑みながら空いている手で布団をめくる。

中に、手のひらサイズのわたしと、〝くぅ〟ちゃんが入っていた。

それは、わたしがモエさんから教わりながらフェルトで作ったぬいぐるみで、先月、ナースステーション宛てに届けたものだった。

「ずっと一緒だったから、少しも寂しくなかった」

優しい眼差しだった。

ううぅ、うっ、ううぅ、ひっく……ひっく。

なかなか涙の引かないわたしのことを、リクちゃんはずっと見守ってくれていた。

彼の手のひらは、柔らかくて温かかった。

ようやく感情が落ち着いた頃、彼はわたしにひとつ、頼み事をした。

「僕が入院したあとの、いずみのことを聞かせてよ」

正直、わたしは戸惑った。

ずっと病室から出られなかったリクちゃんに高校生活のことを話すのは、彼にとって酷なことじゃないのかと。

でも、リクちゃんは強く望んだ。

「いずみのことが知りたいんだ」

彼の両手を自分の両手で包みながら、わたしはひとつずつ語った。

補習と生徒会活動に明け暮れた夏休みのこと。

秋には生徒総会があって、そこで文化祭のスローガンを発表したこと。

それにどんな思いを込めたのかも、丁寧に話した。

途中、リクちゃんは、深く頷いたり目を細めたりして、じっとわたしの話に聞き入っていた。

文化祭は大いに盛り上がって、三年生みんながいい顔をしていたことを伝えると、リクちゃんは「よかったぁ」としみじみ呟いた。

それから、進学先が内定したことも。

それはずっと行きたいと思っていた大学だった。そこでたくさん学んで、夢を叶えて、今度はいっぱい恩返しするのだと、リクちゃんにあらためて宣言した。

彼は鼻を啜って、「いずみはやっぱりすごいなあ」とため息をついた。

「すごくなんか、ないよ」

わたしは照れ隠しに否定したが、

「いや、すごいよ。これなら二十歳のいずみにも、堂々と報告できそうだね」

リクちゃんは目を細めた。

二十歳のわたし……。けっして記憶の彼方に埋もれかけていたわけではないけれど、その思い出は彼のひと言で鮮明によみがえった。

小学六年生の、タイムカプセル。

卒業が近づいてきた時期に埋めた、二十歳の自分への手紙。

「僕はいずみの、『思いの証人』だからね」

リクちゃんが誇らしげな顔をした。

わたしは胸がいっぱいになって、言葉に詰まった。

やっぱり、リクちゃんはすごい。

リクちゃんのからだがどんな苦しみに襲われているのか、正直、わたしにはわからない。前に見た夢の中で、ごくわずかな時間だけ体験したけれど、それはもう、耐えがたい痛みだった。彼は自分のからだのことで精いっぱいなはずなのに、いつもわたしのことを見てくれている。

「ねえ、リクちゃん」

彼の慈しみに満ちた瞳を、わたしはまじまじと見つめた。

「リクちゃんはなんでわたしの話ばかり聞くの？　わたしはリクちゃんの話を、リクちゃんの声をもっと聞きたいよ」

そう、もっと。ずっと、感じていたいのに。

でもリクちゃんは、困った顔をして、小さく首を振った。

「ごめん。話したいけど、駄目なんだ……うまく声が出ない」

うっすらと笑みを浮かべてから、そういえば、と彼が付け加えた。

「代わりに、もうひとつだけ、願いを聞いてくれないかな」

掠れる声で発せられる言葉を聞き逃さないように、わたしはリクちゃんの口元に、耳を近づけた。もうひとつのお願いとは、結局決められずにいた、カイトさんへの贈りものについてだった。彼の熱い吐息を感じながら、わたしはその願いを果たすと約束した。

リクちゃんは横にしていたからだを仰向けに戻すと、すっきりした表情で天井を仰いだ。

リクちゃん……。

最後の望みを託したから？

だからそんな顔をするの？

これでもう、思い残すことはないから？

「リクちゃん……」

そんなの、つらいよ。だって、わたし、リクちゃんにまだ、何も伝えてないもの。

このまま終わりだなんて、嫌だよ。

いままでホントにありがとう……って、そんな言葉を口にできたらよかったのかもしれないけど……言えないよ。

わたしはリクちゃんの腕に抱きついた。

「いずみ？」

彼が驚いた声を上げる。

彼の腕に顔を埋めたまま、彼の温もりを感じていた。

だって……。

『いい思い出だった』なんて伝えちゃったら、リクちゃんは、過去になっちゃうでしょ。

記憶の中のひとになっちゃう。

　わたしはリクちゃんと同じ未来を過ごしたいよ。

　今年できなかったこと、来年こそリクちゃんと、してみたいよ。

　あの頃はよかったねって、いつか一緒に懐かしんでみたいよ。

　毎日楽しいねって笑い合っていたいよ。

　明日は、来週は、来年は何をしようかって、一緒に思いを巡らせたいよ。

　それは無理かもって、リクちゃんをまた困らせちゃうんだろうけど……ホント、わがままで、ごめんね。わたしは昔から、リクちゃんにだけは、わがままになれちゃうの。

　伝えずに後悔したくないよ。

　わたしはこれからも、リクちゃんと一緒にいたい。

　リクちゃんを失いたくないよ。

　リクちゃんと離れたくない……。


「リクちゃん、生きて」

　いまにも消え入りそうな命の灯を前に、わたしは必死に祈り続けた。

　彼の温もりだけが、この世界の存在を証明するかのように。

　熱いものが次々と溢れ出して、リクちゃんの腕まで濡らしている。

　そのとき、彼の口から懐かしい呼び名が零れた。

「ねえ、いずちゃん」

ちっちゃい頃、リクちゃんはわたしをそう呼んでいた。

懐かしくて、あったかくて、愛おしい響き。

リクちゃんのからだに残る最後の灯が、リクちゃんからの言葉をくれた。

「僕たちはもう、家族みたいなものだから……見えていても見えていなくても、きっとお互い支え合えるよ」

顔を上げて、リクちゃんを見た。

リクちゃんは、笑ってた。

「なんで、笑えるの？」

涙声で聞くと、

「もう一生分泣いたから」

って。

「いずちゃんが何かに向かって進んでいくときは、いつもマイペースでついていくよ。君が生きてくれたら、僕の人生は無駄じゃない」

リクちゃんはもう一度、優しくほほ笑んだ。

それからまどろみに身を委ねるように、静かに目を閉じた。

エピローグ

1

あ、蝶々。

まもなく咲き誇る春の花を求めて迷い込んできたのかな。

それとも、わたしたちに別れを告げにやってきたのだろうか。

ゆったりとした風に乗って、黄色い蝶が舞い降りてきた。

格式高い大講堂には、全校生徒が一堂に会している。

これまでにも何度か、壇上の演台を前にこの景色を目にしてきたけれど、わたしにとって今日という日は、やっぱり特別だった。

いまここで、高校三年間を締めくくる最後の行事、卒業証書授与式が行われている。

前方には、共に卒業を迎える同級生たち。三年前にはまだあどけなくて初々しかった顔も、いまは自信に溢れた逞しい表情を見せている。

その後ろの保護者席に、パパとママの顔が見えた。卒業生代表として壇上に立つ娘のことが気がかりで落ち着かないのか、ふたりとも緊張した面持ちでわたしを見守っていた。

そしてその横には、カイトさんとモエさんの姿がある。

モエさんは膝の上で、大切そうに遺影を抱いていた。その中のリクちゃんは、照れ臭そうにはにかんでいる。あの顔はきっと、彼が入院する前のデートで、わたしが撮ったものだ。それからモエさんの胸元には、リクちゃんが贈ったペンダントも光っていた。

わたしは、演台を前にして深々とお辞儀した。

顔を戻すと、後ろでポニーテールが揺れた。

会場中の、みんなの顔が見える。

一呼吸置き、感謝を込めて、答辞を述べた。

「春の訪れを感じる今日のよき日に、わたしたち七十回生は卒業の日を迎えました。日々ご指導くださった先生方、ご来賓の方々、保護者の皆様、本日はわたしたちのためにご臨席くださり、誠にありがとうございます」

それから、入学からの三年間を振り返っていった。

思い出はいくらでもある。修学旅行や文化祭といった大きな行事はもちろんのこと、一緒にお昼ご飯を食べながら笑い合ったユキやリカコたちの顔も浮かんだし、授業中に窓から見える何気ない風景さえも、思い返してみればどれも特別だった。

続けて、お世話になった方たちへの感謝を伝えた。

わたしを大切に育ててくれたパパとママ。たまには喧嘩することもあったけど、いまならわかる。いつだってわたしのことを考えてくれてたんだって。ふたりはわたしに笑顔をくれた。わたしを笑顔にすることで、わたしも他の誰かを笑顔にしたいって、そう思うことができた。わたしはパパとママの子であることを、心から誇りに思っています。

カイトさんとモエさんにも、いっぱいよくしてもらいました。て……ううん、そんなかしこまった言い方じゃ伝わらないか。ふたりもわたしの家族だよ。

最後に、卒業生と在校生へ。

「わたしたちは、もうすぐそれぞれの道を歩み始めます。そこにはたくさんの出会いや喜びが待っているでしょう。もちろん、辛いこと、苦しいことも。もしも困難に向き合ったとき、共に過ごした時間が思い出させてくれるでしょう。わたしたちが生きる本当の意味を。わたしたちにとって大切なものを」

わたしの声が、マイクを通して講堂中に響き渡る。

これは秋の生徒総会で、文化祭のスローガンを発表するときに話したことだ。

あの頃、リクちゃんはすでに入院していたから。わたしの込めた思いを聞かせることはできなかった。

でも、リクちゃん。

いまはちゃんと、聞いてくれてるよね。

「いま、わたしたちは生きています。それは、当たり前のことじゃありません。この世界で与えられた時間は、大切なものです。この時間だけは、それぞれの個性を際立たせて、誰もが主役になれて、誰かを笑顔にすることだってできます。ただ、この時間は誰にも平等ですが、一度逃したら取り戻せません。この時間だけは、けっして失われることがないように。いつか離れ離れになっても」

離れ離れになっても……。

『見えていても見えていなくても、きっとお互い支え合えるよ』

リクちゃんの言葉が、じんわりとわたしの心に寄り添ってくれる。

「いずれ変わりゆくことがあったとしても。この時間だけは、どうか、どうか、忘れないで」

その言葉は、わたし自身に投げかけたものだった。


卒業式を終えたあと、中庭や校門の前で、たくさんの写真を撮った。

パパやママ、カイトさんやモエさん、クラスメイトに、弓道部のメンバー。生徒会や文化委員会の面々とも。膨らみかけた桜の蕾に、もう間もなく到来する春を感じる。

わたしはみんなが帰ったあとも、ひとり正門から校舎を眺めた。

2

大学に進んでからも、わたしのキャンパスライフはめまぐるしかった。

自分の見識を深めるため、それから、将来子どもたちにいろんなことを伝えられるように、受講できる講義はすべて受講した。そして放課後は、所属するボランティアサークルの活動だ。中学の頃と違って、大学では活動領域が一気に広がった。長期休みには災害のあった地域まで救援に向かうこともあった。

さらに、伝統の学園祭成功に向けて、学園祭実行委員にも志願した。

『頑張りすぎだよ、いずみは』

リクちゃんが聞いたら、また心配されそうだ。

初めてのひとり暮らしで不安もあったけど、毎日が楽しくて、時間が経つのはあっという間だった。

つい先日大学の入学式を終えたばかりだと思っていたのに、もういまは、二年の冬を迎えている。


成人式への参加も兼ねて、わたしは久しぶりに地元に戻った。

正月はボランティアサークルで遠出していたので、帰るのはお盆以来だった。

パパとママとはしょっちゅうオンラインで顔を合わせて近況報告していたのに、いざ自宅に帰ると数年ぶりに再会したようなテンションでわたしを迎えてくれた。

最近はめっきり散歩をしなくなったらしい〝くぅ〟ちゃんも、このときばかりはブンブンと、尻尾を振って飛びついてきた。

自宅でひとしきり甘やかされたあと、かつて通った幼稚園に向かった。

正門で、ちょうど園児たちを見送った先生のひとりが、わたしの顔を見て声を上げる。

「あれ、もしかして、いずちゃん？」

まさかいきなり自分の名前を呼ばれるなんて思いも寄らず、わたしは盛大に焦った。

「そうです……けど、どうして？」

「あーやっぱり！　面影あるもの」

驚きで取り乱してしまったものの、落ち着いてその先生の顔を見たら、わたしのほうも気づいた。

「あっ！　もしかしてワカナ先生？」

「わあ、覚えててくれたんだー」

今度は先生が手を叩いて喜ぶ。

ワカナ先生は、かつてわたしもリクちゃんも大好きだった花組の担任だった。再会したのは卒園以来なのに、お互いに覚えているのもすごい。

「大きくなったね、いずちゃん」

「もう大学生で、今度成人式なんです」

「ええー、そうなんだ」

早いものねー、と先生は、まじまじとわたしの顔を見た。

「もう決めてるの？　この先の進路」

「わたし、小学校の先生になりたいんです」

もともとここに来たのは、ワカナ先生にそのことを伝えるためだった。

「あら、そう！　いずちゃんならきっといい先生になるわね」

先生が顔を綻ばせた。

「わたし、いままでたくさんのひとから幸せをもらってきたから、これからは恩返ししたいなって、そう思ってます。お日様のように子どもたちを照らす、ワカナ先生みたいな先生になります」

伝えたいことは伝えられるうちに。

迷うことなく、躊躇《ためら》うことなく、わたしは宣誓した。

するとワカナ先生は、俯いて目尻を拭った。

「先生？」

「ううん、大丈夫。やっぱりいずちゃんすごいなーって。あの頃と全然変わってなくて。うれしくて涙が出てきちゃった」

先生がわたしの手を取り、まっすぐ見つめた。

「いい子に育ってくれてありがとう」

「先生も、いい先生でいてくれて、ありがとうございます」

「フフフ、そんな持ち上げないで」

「なんかわたしたち、褒め合ってません？」

わたしとワカナ先生は顔を見合わせてから、プッと噴き出して笑い合った。

「そういえば、いつもいずちゃんと一緒にいた泥団子名人の子……」

ワカナ先生が急に、しんみりした。

「残念だったわね」

小さな住宅地だ。きっとわたしたちのご近所さんの子どもたちだってこの幼稚園に通っているだろうから、先生がリクちゃんのことを伝え聞いていても不思議じゃなかった。

「リクちゃんって、ホント、泥団子作るの上手でしたよね！」

わたしはこれ以上ないくらいに、思いきり明るく振る舞った。

「毎日黙々と磨き続けて、土からできてるなんて信じられないくらい、ピカピカにして」

先生は、わたしの表情にハッとして、目が覚めたように同調してくれた。

「そうだねー！　あれは誰にも真似できない才能だねー」

別れ際、ワカナ先生はわたしを抱きしめてくれた。

空は澄み渡って、日の光をいっぱいに受けたアスファルトが白く輝いていた。さわさわと枝葉を揺らす風が気持ちよかった。

「ワカナ先生」

いつの間にわたしは、先生の背丈を追い越したんだろう。

「歩いて来られるところなのに、全然顔も見せないで、すみませんでした」

先生は、抱きしめていた腕を解いてから、フッと口元を緩ませた。

「成長とともに世界は広がっていくものだから、ルーツをたどるのは、たまでいいの。またいつか、先生になって悩ましい日が来たら、いつでもおいでよ。一応先輩先生として相談に乗るから」

「はいっ」

わたしは昔と同じように、先生に向かって元気よく返事した。

翌日は、とあるお寺に向かった。

それは住宅地の端、ゆるやかな石段を上った先の丘陵にあった。

なんでも江戸時代から続いているという。

この日、ここへ来るのは、前から決めていた。

ここにはリクちゃんのお墓があったから。

リクちゃんは、本来ならご先祖様のお墓に入るはずだったようだけど、そう頻繁には訪れることのできない距離だったので、カイトさんとモエさんは、毎日通える場所にお墓を作ったらしい。

空は晴れ渡っていて風もなかったが、冷えた空気にからだが凍えた。

それでもわたしは、墓石の前でコートを脱いだ。

膝を折ると、線香をあげ、手を合わせた。

今日はリクちゃんの月命日だ。

リクちゃん、いつも見守ってくれて、ありがとう。

心の中で感謝の気持ちを伝える。

「いずちゃん、来てくれたんだね」

立ち上がったとき、ちょうど声が掛かった。

振り向くと、そこには昔から見慣れた顔があった。小さな頃からわたしを娘のように可愛がってくれた、大切なひと。優しくて、穏やかで、気さくで。

「カイトさん」

カイトさんは、やあ、と手を挙げて白い歯を見せた。

リクちゃんはお父さん似だから、もう少し年を取ったら、いつかこんな雰囲気になったのかな。なんて、カイトさんの顔をまじまじ見つめてしまった。

すると、「あれ？　何かついてた？」とカイトさんが慌てて顔をこする。

わたしも「違うんです」とあたふたしながら手を振った。

ふたりとも落ち着いたところで、なんとなく近況を伝え合った。

わたしからは大学生活のことや、ひとり暮らしの大変さなんかを。

カイトさんとモエさんは、最近になって地域のボランティアを始めたらしい。公民館でお年寄り向けにレクリエーションを催したり、子どもたちを集めて昔の遊び体験会をしたり。初めは夫婦ふたりで活動していたのが、だんだんと賛同者が増えたおかげで、毎週大忙しだと笑っていた。そのボランティアの一環で、モエさんが地域のひとを対象に、無料の編み物教室も開いていると聞いた。そこでわたしは、話の流れ的にちょうどいいタイミングだと思い、足元のトートバッグを開く。

「あの、これ……カイトさんに」

突然わたしが差し出したものを、カイトさんはどうしたのかという表情で見つめた。

──『代わりに、もうひとつだけ、願いを聞いてくれないかな』

リクちゃんが枕元で口にしたお願いは、カイトさんへの贈りものについてだった。

『父さんには、いずみから何か、贈ってあげてほしい。それも、すぐじゃなくて、できれば二十歳を迎える頃に』

どうして、わたしから？

自分に残された時間が少ないって、リクちゃんはわかっているから？

当時のわたしにはいろんな疑問が湧いた。

『それくらい時間が経てば、父さんも心の整理がつくと思うんだ』

彼の言葉の真意は聞けなかったけど……その切実な思いに、質問で返すわけにはいかなかった。わたしはたしかに、その願いを果たすと約束した──。


わたしが手にしていたのは、手編みのセーターだった。

夏が終わってすぐに編み始めたものの、日々の忙しさでなかなか時間が取れなくて、出来上がったのはつい先日だった。

編み物のイロハは、中学生の頃にモエさんから教わった。初めて編んだのはコースターだった。『初心者向けだから編みやすいの』と勧められたのだ。ただ、わたしは自分で言うのもなんだけど、意外と不器用らしくて、『かぎ針編み』から苦戦した。そんなわたしに身を寄せて、モエさんは何度もお手本の動作を見せてくれた。そのうちコツがつかめるようになってくると、今度はマフラーを編んだ。いい出来のものができたらリクちゃんにでもあげようかな、なんて思っていたのに、やっぱり学校生活が忙しすぎて、クリスマスにもリクちゃんの誕生日にも、とうとうバレンタインにも間に合わなくて。

そういえばあれは、いまだ編みかけのまま、タンスの引き出しにしまってあったかもしれない。

そんな失敗を繰り返さないように、今回は頑張った。

「僕に？」

カイトさんは、驚きながらもそれを受け取ってくれた。

「リクちゃんに、最後にお願いされたんです。カイトさんへの贈りものを」

わたしは正直に話した。話したほうがいいと思ったから。

「セーターにしたのはわたしです。編んでる間、いろんなことが思い出せるし、気持ちを込められるかと思って」

カイトさんの視線は、ずっと手元のセーターにあった。

「リクちゃんが、なんでわたしに託してくれたのかは聞けませんでした。でも、約束したので。わたし、モエさんとは比べ物にならないほど不器用ですけど……丁寧に、一生懸命編みました。よかったら、もらってください」

二年越しに、これでようやくリクちゃんとの約束が果たせる。

ただ、先ほどからカイトさんは、無言で俯いたままだった。

どうしたんだろう。わたしは何か、カイトさんの心の傷に触れてしまったのだろうか。

それとも、安穏と過ごすわたしのことを、カイトさんは疎ましく思っているのだろうかと、急に不安に襲われた。

すると、カイトさんの顔が歪んだ。

眉間に皺を寄せ、目をきつく閉じ、口だけが開かれる。ずっと押し込めてきた気持ちを初めて解放するように、そこから低く長い呻きが漏れ出た。その声は、どんどん大きくなっていく。

きつく閉じられたカイトさんの瞼の間から、涙が溢れた。

「ううううぅぅぁぁあ」

カイトさんは人目も憚らず慟哭した。


週末には、自治体が主催する成人式に出席した。

小、中、高で一緒だった懐かしの顔がたくさんあった。同級生たちは、雰囲気がガラッと変わったひともいれば、昔の印象のまま成長しているひともいた。

直接話すことはしなかったけど、少し離れたところに伊勢くんの姿も見えた。彼は高校時代と比べてずいぶんと明るい髪色をしていた。雰囲気はあの当時のままだ。派手なスーツに身を包んで、女の子たちとひっきりなしに写真を撮っていた。

「いずみー、きれいになったねー」

「いずみは昔からきれいでしょ」

人生で初めて振袖を着たわたしは、うまく身動きが取れずにつっ立っていたものの、ユキやリカコ、それからたくさんの友達が声を掛けてくれた。

式が終わると、建物前の広場ではいくつものグループができて、みんな口々に当時の思い出を語った。面白いことにその内容は、たいてい些細なことばかりだった。

体育のバレーボールのネットを片付けていたときに、××くんの表情がカッコよくて恋したんだ、とか。いつもは厳しくて近寄りがたかった△△先生が、放課後の花壇で雑草をむしっているときに、花を見て優しい目をしてた、とか。よくぞそんな一瞬のことを覚えていたね、とみんなで笑い合った。

午後には一旦自宅に戻り、振袖からドレスに着替えた。

髪を下ろし、メイクも直した。

ママは『振袖姿、もっと写真に収めとけばいいのに』と残念がったが、あまり悠長にはしていられない。今夜は、小学校の同窓会が開かれるのだ。

そしてその前に、とあるイベントもあった。

西に傾きかけた太陽の光を浴びて、空に薄く散らされた雲が金色に染まっていた。東を振り仰げば、濃紺の幕が地上に垂れている。わたしたちの足元には長い影が伸びていた。

小学六年の冬、もうすぐ卒業式を迎えようという頃。わたしたちは校庭脇のイチョウの木のそばに、タイムカプセルを埋めた。中には、自分に宛てた手紙が入っている。

『十二才の自分から、ハタチの自分へ』

そのタイムカプセルが、いま目の前で掘り起こされていた。

「早くしないと、ホントに日が暮れちゃうよ！」

小柄な女子が急かすと、

「わかってるって。あとちょっとだ」

腕まくりをした男子たちが、大きなスコップを地面に突き刺しながら答えた。

よく見れば、女の子は『泣いた赤鬼』が大好きなアカリちゃんで、答えた男子は、図書クラブで彼女にひどい言葉を投げかけて泣かせた男子だった。

「よっしゃあ！」

男子たちがお神輿《みこし》を担ぐように、掘り出した銀色の缶を掲げた。周りを囲んでいたみんなから大きな歓声が上がる。

代表して、当時の担任だったケロサコ先生が、固く閉じていた蓋を開けた。

中には、密封された透明の袋に入った、たくさんの封筒が見えた。

「名前を呼ばれたら取りに来いよー！」

先生が、小学校時代とまったく変わらないトーンで呼びかけた。

「はーい！」

わたしたちも当時のノリで手を挙げる。

取り出した順に呼ばれた名前の主たちは、開封前の合格通知でも受け取ったかのように、みんなそれを大切そうに胸に当てた。


――そういえば、ちょうどその手紙を提出する前のこと。

夕暮れの児童公園で、わたしはベンチに並んで腰掛けたリクちゃんに頼み事をした。

タイムカプセルに入れる前に、わたしの手紙を読んでほしい、って。

あのときわたしは、なんでそんなお願いをしたんだろう。

『この先、何が起こるかわからないでしょ。わたしたちがハタチになるまでに、もしもイチョウの木がなくなったら？　学校がなくなったら？　何かの理由でタイムカプセルが掘り起こせなくなったら？　……わたしがもういなかったら？』

わたしの質問にリクちゃんは、弱ったなぁ、って顔をしていたな。

『そんなこと……』

『ないと思うけど、でも……リクちゃんには、知っておいてほしいの』

　そうしたらリクちゃん、

『なんか、遺書みたい』

　そう呟いて笑ったよね――。


「次、為永いずみぃ！」

ケロサコ先生に呼ばれてハッとする。

「はいっ」と答えて進み出ると、先生がわたしだけに聞こえるように囁いた。

「こっちは、お前が読んでやれ。彼のご両親もそう望んでる」

ひとつは、十二歳のわたしが書いた手紙だった。

それとは別に、もう一通手渡された。

みんなの輪のすぐ外で、わたしはそのもう一通の封筒をまじまじと見た。

ちょっと控えめに、しかも斜めに傾いて書かれた宛名には、リクちゃんの名前が記されていた。

あらためてケロサコ先生を振り返る。先生は何事もなかったかのように、続けて缶の中の手紙を、待ちわびていた子たちに渡していた。リクちゃんのお葬式にも来てくれていたから、彼のことはわかっているはずだ。でも表立っては告げずに、そっとわたしに託してくれたのだ。

わたしは、自分の手紙は開封せずにバッグにしまった。中身を開かなくても、内容は覚えている。

それよりも……リクちゃんの手紙が気になった。

彼の手紙は普通の茶封筒に入っていて、口は糊でしっかり閉じられていた。

お前が読んでやれ、って……。

カイトさんもモエさんも、なんで……。

心臓の鼓動がどんどんうるさくなっていく。

リクちゃん……わたしが読んでも、いいの？

まもなく西日が地平線に隠れる。

残光が校舎とイチョウの木、それからわたしたちを淡く照らしている。

わたしは封を開いて、中身を抜き出した。

丁寧に折られた、便箋が一枚。

おもむろに開くと、ほとんど余白だらけの紙の中心に、控えめに小さくひと言、

いずみの夢をかなえてあげて

そう書かれていた。
それだけだった。
何……それ。
リクちゃん。
十二歳の自分から二十歳の自分に宛てた手紙なんだよ。
なのに、なんでリクちゃんは自分のことを書かないの。
なんでわたしのことばかり。
リクちゃん、
リクちゃん、
「ねえ、リクちゃん」
声にした瞬間、熱い涙が溢れた。
それは頰を伝い、顎からぽたぽたと垂れていく。
気づけば、西日はひっそりと消えていた。
夕闇に包まれながら、空を仰いでわたしは笑った。

あとがき

昨年の六月、それまでいつも明るく優しく快活だった母が、症例の少ない血液の病気で入院しました。入院期間は数か月にも及びながら、時はちょうどコロナ禍。

そのため、秋までは家族さえも面会できない状況が続きました。母もさぞかし不安だったと思いますが、入院直前に電話で話した際は、とても気丈に振る舞っていました。自分の心配よりも、僕たち家族を気遣うばかりで……。当然自分たちも、母はきっとよくなって、また我が家に戻ってきてくれると強く信じていました。

この物語は、ちょうどその頃に書き始めたものです。

親子、夫婦、恋人など、大切な存在に対する究極の愛とはなんだろう――と、ひたすらに思いを巡らせました。そして、抗うことのできない苦しい現実に身を置きながら、ひと言ずつ丹念に、心を込めて紡ぎました。

母とは、十一月に退院した際、家族で食事をしました。そこで交わしたたわいない会話が、いまとなってはすべて特別です。体調を崩して再入院した十二月。亡くなる三日前、暑い暑いと言って、おいしそうに「ガリガリ君」を頬張っていた母。その母が危篤に陥ってからの二日間、ベッドの傍らでひたすらに、命の灯が消えないよう祈り続けました。

大切なひとの早すぎる死に直面したとき……その命はきっと、別の誰かを生かすためのバトンとなったのではないか。あるいは、大切な誰かの危機を、命を張って救ってくれたのではないか。小説でしか成し得ない展開には、そんな望みを託しました。
過去にとらわれず、未来に怯まず、いまを見つめる。一日一日をしっかり生きていく。それがバトンを受け取った自分たちの役割だと思っています。

この物語を、最愛の母に捧げます。
いつだって、僕の一番のファンでいてくれたお母さん。ありがとう。

最後に――この作品にお付き合いくださった読者さま、素敵な装画を描いてくださったａｊｉｍｉｔａさん、装丁のベイブリッジ・スタジオの徳重さん、そしてこの本を世に送り出すことに携わってくださったすべての皆さまに、心から感謝申し上げます。本当にありがとうございました。
また、次の物語でお会いできることを願って。

二〇二二年四月　騎月《きづき》　孝弘《たかひろ》

僕《ぼく》の世界《せかい》は、ずっと君《きみ》だった

騎月孝弘《きづきたかひろ》

2022年4月5日初版発行

発行者……………千葉 均
発行所……………株式会社ポプラ社
〒102-8519 東京都千代田区麹町4-2-6

フォーマットデザイン 荻窪裕司（design clopper）
組版・校閲 株式会社鷗来堂
印刷・製本 中央精版印刷株式会社

落丁・乱丁本はお取り替えいたします。

電話（0120-666-553）または、ホームページ（www.poplar.co.jp）のお問い合わせ一覧よりご連絡ください。
※電話の受付時間は、月〜金曜日、10時〜17時です（祝日・休日は除く）。

ポプラ文庫ピュアフル

ホームページ www.poplar.co.jp

N.D.C.913/303p/15cm
ISBN978-4-591-17365-7
P8111332